5

Last Embryo

竜ノ湖太郎 Tatsunokotarou
ももこ illustration

問題兒童的最終考驗

Kadokawa Fantastic Novels

封面、內文插畫／ももこ

Last Embryo 5

Contents

序章

Last Embryo

鬱鬱蔥蔥的整片草原宛如綠色的地毯。

或許因為這天晚上是新月，地上的亮光看起來特別顯眼。

每當有風吹過，身上發亮的小蟲就會從草叢間飛舞而起，在只有星光的今晚成為照亮暗夜的貴重光源。

擁有銳牙利爪的四足野獸很有節奏感地踏著大地在草叢間奔跑。

把鼻子探進獵物挖掘的巢穴裡妨礙獵物睡眠並以此為樂的行為，或許是身為食物鏈上層的從容表現，也像是在證明這片草原的豐饒。

即使已至深夜，自然資源豐富的亞特蘭提斯大陸西方盡頭仍舊充滿了生命力。

——在這樣的西方盡頭大地上。

彩里鈴華正在大叫。

「嗚哇啊啊啊啊啊啊！我……我一個人……哪有辦法對付這種怪物啊啊啊啊啊啊！」

煙塵飛揚，地鳴聲轟隆作響。

彩里鈴華不斷使出空間跳躍，逃離巨大岩石形成的怪物。

正在前進的岩塊巨人每踏出一步都會踩碎大地，小鳥四處逃竄，野鼠也捨棄巢穴飛速逃離。

如果鈴華只是普通地跑著逃走，恐怕早就被抓住了。

但是，就算她逃跑時會利用空間跳躍瞬間跳往遠處，雙方的距離卻一直沒有拉開。

（阿周那自作主張不見了！阿斯特里歐斯被原住民帶走了！真不知道他們丟下我一個女孩子跑哪裡去……！）

頭髮散亂的鈴華拚命壓抑著想哭的心情，繼續逃跑。

她完全不明白為什麼會遭到岩塊巨人追殺，畢竟自己只不過是想去尋找據說位於西方盡頭的「赫拉克勒斯的石柱（Pillar）」。

再這樣下去，還沒到達目的地就會先被岩塊巨人捏扁。

除了能夠使用空間跳躍，彩里鈴華只是個普通女孩。

「等……等一下……我已經……不行了……！」

她膝蓋一軟，用雙手撐在地上。

岩塊巨人伸出魔手遮擋住星光。

然而——就像是要擊開那隻魔手，一道閃電奔竄而來。

「奔馳吧！阿爾瑪特亞！」

現場響起語氣堅毅的少女喊聲。在附近沒有遮蔽物，地鳴聲連連響起的這種狀況下，少女的聲音卻驚人地迅速響遍周遭。

呼應著少女的喊聲，閃電多次迸發。

若要比喻，應該把那種景象形容為閃電之槍吧。蛇行的閃電擊碎了岩塊巨人的右腹，接著在巨人身邊繞行飛竄，彷彿是要繼續發動追擊。

（哇……哇……哇哇……！）

完全搞不清楚狀況的鈴華只能抱著頭蹲下。

灼熱的岩石碎塊從上方落到她的周圍，讓火舌在翠綠的草原上逐漸擴散。若是平常也就算了，對於已經筋疲力竭無法逃走的鈴華來說，此地完全是危險地帶。

當大量的岩石如雨水般砸向她頭上的那一刻。

先前發出喊聲的人物甩著飄散成扇狀的黑髮，挺身擋在鈴華的前方。

「呼……！」

叮鈴——優雅的聲音迴響著。在宛如由鈴聲和笛音交織而成的優雅樂音驅使下，草原的大地高高隆起。

被閃電打碎的灼熱岩石，被大地形成的屏障擋下。

岩塊巨人揮動四肢攻擊閃電，不過當然不可能追上。因為對手是真正的閃電。

閃電擊碎巨人伸長的右手，再打碎追擊的左手，最後摧毀試圖咬上來的頭顱。

（嗚啊啊啊啊……！）

雖然岩塊巨人已經崩毀，不過這下子或許碰上了更危險的怪物。對於至今的人生都和這種麻煩無緣的鈴華來說，眼前狀況只能用異常來形容。

另一方面——以閃電之槍擊碎巨人的少女撿起被燒焦的岩塊殘骸。

「……真讓人驚訝，原來亞特蘭提斯大陸上也出現了這種怪物。」

「在北區和東區同樣確認到其蹤跡，說不定是在箱庭中被召喚出來。考慮到各處的戰力已經因為太陽主權戰爭而集中，這種事態似乎有點危險。」

另外一人……聲音聽起來很理性的女性不知從何處突然出現。

到了這時，用手抱著頭趴下的鈴華才總算冷靜下來。

她抬起頭，正好和兩名女性視線相對。

（哇……居然一口氣出現兩個美女！）

其中一人是黑髮隨風飄動的少女，年齡大約是十八歲吧。

少女散發出清秀的氣質，然而妝點她全身的紅白服裝倒是讓人留下強烈印象。

明明打扮成這種可能會被大肆批評為奇裝異服的模樣卻還能顯得氣質清秀，想必該歸功於她本人流露出的教養風範。

連掛在腰間的日本刀也不會讓她看來粗獷，反而展現出堪為典範的傳統日本女性之美。

另外一人則是擁有傲人雙峰的金髮美女，頭上還長著類似山羊角的物體。

黑髮少女走向鈴華，歪著腦袋對她搭話。

「那個……妳不要緊吧？有沒有受傷？」

「我……我不要緊，謝謝妳們在我危急時出手相救。」

「嘻嘻，小事不必掛懷。既然妳在這片大陸上，就代表妳也是參賽者嘍？」

「是的，我是和兄弟（義兄弟）……西鄉焰與逆迴十六夜一起參賽。」

黑髮少女驚訝地「哎呀」一聲，然後抿著嘴笑了。

「妳說十六夜是兄弟（義兄弟）……難道妳就是彩里鈴華小姐嗎？」

這下換鈴華嚇了一跳，她根本沒預料到在這種地方碰上的人會說出十六夜的名字。

「是……是的，妳認識我哥哥（義兄）嗎？」

「當然認識。雖然彼此已經大約兩年沒見了，不過他是我重要的伙伴。」

「真是讓人懷念……」黑髮少女似乎很開心地回答。

鈴華內心默默感到納悶，覺得自家十六哥認識的人怎麼都是些可愛的美少女。

另一方面，金髮美女指向西邊的水平線。

「主人，此地還很危險。只要再前進一小段路就會到達『赫拉克勒斯的石柱』，是不是先移動比較好？」

「我知道，阿爾瑪。鈴華小姐妳打算怎麼辦？」

「啊……我……我也要去！得去確認一下到底有沒有石碑！」

鈴華站起來攤開地圖。

聽到她的發言，那個叫作阿爾瑪的女性一臉驚訝。

「……石碑？妳剛剛是說石碑嗎？不是石柱？」

「啊……是的。柏拉圖的原文被誤譯為石柱（pillar），其實正確的翻譯是石碑（stele）。所以這次的議題——『追溯多重疊合的星辰前行，造訪古老英雄，揭發大父神宣言之謎』其中的『多重疊合的星辰』，應該是指『stele』的雙重意義。」（註：石碑和星星在日文裡都寫成「ステラ」）

鈴華開口解釋，同時拿出這場遊戲的「契約文件」。

羊皮紙上寫著如下的內容：

「——太陽主權戰爭　～失落的大陸篇～——

※獲得太陽主權的條件：

①參賽者之間彼此任意轉讓（包括遊戲形式的自由對戰）。

②解開並進行記載於附件大陸地圖上的遊戲。

③而且必須表現出最符合神魔遊戲的行動，才會被授予太陽主權。

④（日後追加）。

※大陸內禁止事項欄：
①禁止參賽者離開亞特蘭提斯大陸。
②如果參賽者試圖離開，必須解開勝利條件的謎題。
③參賽者在大陸內不得殺害參賽者。

※關於登陸的順序：
在精靈列車內贏得最多場遊戲的人可以選擇登陸地點。
登陸後，請自行負起責任並基於各自判斷來度過為期兩星期的遊戲期間。

※第一戰勝利條件：
追溯多重疊合的星辰前行，造訪古老英雄，揭發大父神宣言之謎。

太陽主權戰爭進行委員會　印」

另外，第二張的地圖上標示著：

東方的「聖托里尼的迷陣(Labyrinth)」。
北方的「養牛人的放牧場(Farm)」。

南方的「山銅礦山」。

西方的「赫拉克勒斯的石柱」。

再次確認過「契約文件」的內容後，阿爾瑪以很感興趣的態度看向鈴華。

「嗯……如果有『契約文件』和柏拉圖的原文，確實可以那樣推測。不過關鍵的原文是在哪裡看到的？」

「原文被保存在羅馬教廷的機密檔案館裡，最近開放給一般民眾閱覽。」

「……羅馬教廷？意思是在梵蒂岡？中間有什麼原委？」

「呃……我也不知道中間是發生了什麼事情才會演變成由梵蒂岡保管。」

「那麼妳又是基於什麼理由來推測出這裡是屬於希臘圈的土地呢？要判斷那是拉丁語的誤譯，必須先百分百確定這片亞特蘭提斯大陸位於希臘圈才行吧。」

「啊，那方面倒是出乎意料地很快就找到了證據。因為西方大地的淹沒遺跡裡有刻著拉丁語的石柱，我的兄弟也說這裡的地質和希臘極為相近。」

釋天大概是考量到這些，才會讓他們把調查地質用的研究器材也一起帶來。雖然累計的開銷高達五億日幣，不過總算是沒有白白浪費。

聽到她的回答，眼神不再那麼嚴厲的阿爾瑪提出最後的疑問。

「原來如此……那麼，這是最後一個問題。這片大陸上留有進行過灌溉農業的痕跡，然而古代的希臘……也就是亞特蘭提斯大陸被認為存在的時代應該尚未發展出灌溉農業。這個謎題妳要如何解開？」

「呃……總而言之，這裡就是文明圈和其他國家有交集的地域吧？而且樹種和南國相近，原住民們還戴著牛面具。綜合以上條件……」

在腦內攤開世界地圖的鈴華排列出先前經過考察的關鍵字。

——古代希臘世界尚未普及的灌溉農業痕跡。

——溫暖的氣候以及近似南國的植物與生態系統。

——是盛行牛信仰，還把牛用在裝飾上的地域。

既然有不同文明圈交集，就代表這個地方必然位於各個文明圈的邊界上。像這樣集聚了文明的地域並不多。

隔著海洋把希臘圈和埃及圈串連起來的土地。

把這些全都連接起來的場所——答案只有一個。

「應該是離克里特島……非常近的地方……吧？」

講到這邊，鈴華才終於回想起來。

阿斯特里歐斯之所以會在前來此處的途中被原住民帶走，或許是起因於和克里特島有關的理由。

看到鈴華對答如流的表現，阿爾瑪的眼中閃出光芒。

「……了不起，真是優秀的人才。」

「咦？」

「沒什麼，請不要在意。鈴華小姐，既然妳已經把謎題解析到這種地步，那麼一起行動也沒什麼不妥。雖說彼此是競爭對手，不過進展深度相同的話就可以另當別論。我們結伴前往赫拉克勒斯的石碑吧。」

阿爾瑪的態度突然軟化，而且還露出笑容。

鈴華完全搞不清楚狀況，只覺得滿腦子都是問號。

黑髮少女傻眼地嘆了口氣，才以突然想到什麼的態度看向鈴華。

「話說起來，我還沒有報上名字呢。可以讓我介紹一下自己嗎？」

「啊……好的！當然可以！」

鈴華挺直身子，一臉緊張地回答。既然黑髮少女和當時就是個問題兒童的十六夜認識，表示她肯定也是受過十六夜連累的被害者之一。因此，無法預料對方究竟會抱怨什麼的鈴華才會不由自主地做出這種反應。

……然而鈴華並不知道，這名少女絕對不是十六夜的被害者。

實際上，她正是和逆迴十六夜一起被召喚來此的同梯兼共犯。

少女提起長裙的裙襬，露出有點淘氣的笑容，對著新玩伴報上自己的姓名。

「初次見面，我叫久遠（Kudou）飛鳥。是從戰後不久的昭和時代被召喚而來的異鄉人之一。」

＊

久遠飛鳥、彩里鈴華、阿爾瑪特亞都自我介紹完畢後，三人開始走向目的地。

路上，飛鳥從鈴華那裡聽說了十六夜的現況。

「往返於外界和箱庭之間嗎……原來十六夜也做了和我們一樣的事情。」

「飛鳥小姐也來過我們的時代？」

「嘻嘻，不是喔。我有事要去平安時代處理，所以是在十一世紀到十二世紀之間來回。」

「源平合戰那時期嗎！嗚哇！讓人超級好奇！」

在途中意氣相投的飛鳥和鈴華一起來到位於大陸西側邊緣的岬角。

這裡的岩石上覆蓋著薄薄一層短草，地層因為多次的地殼變動而隆起，形成了落差很大的凹凸地形。

從難以行走的此處望向大海，會發現綠色突然消失，下方是陡峭到宛如有人拿著斧頭以蠻力劈出的斷崖絕壁。

崖壁長久以來都受到風雨侵襲和海浪拍打，頑強拒絕人類進入，能夠在此營生的只有承受強風仍舊展翅飛翔的海鳥。

「話說回來……沒想到目的地會藏在這種斷崖絕壁邊緣的橫向洞穴裡，要偶然發現這種地方想必很難吧？」

「那倒不一定。就算沒能解開謎題，應該還是會有很多人前往『赫拉克勒斯石柱』的所在地。因為只要知道亞特蘭提斯大陸位於希臘圈，即使沒有明確的目的地，大概也會抱著瞎猜的心態過來晃晃。」

地圖上記載了聖托里尼、山銅、養牛人等和亞特蘭提斯大陸有關的關鍵字。

不知道這些關鍵字是否只是一種誤導，或是有什麼應該遵守的前往順序。

就算只有一知半解的知識，恐怕還是會有許多參賽者前來此地。

「話雖如此，會熱心搜尋懸崖上橫向洞穴的人應該很少吧。機率是四分之一，要是沒有把握，大概要再乘上四分之一。」

「嘻嘻，也就是說只要一切順利，我們會是第一個到達的參賽者……不過鈴華小姐的空間跳躍真是幫了大忙，不然我差點得穿著長裙跳下懸崖。」

「這……這點小事不算什麼啦！」

鈴華揮著手謙虛回應。

懸崖邊的風勢當然比較強勁，跳下去之後還有途中可能會被強風吹偏位置的風險。而且最重要的是，穿著長裙跳下去肯定會形成不太雅觀的畫面。

沿著橫向洞穴前進的阿爾瑪不解地歪著頭發問：

「沒想到鈴華小姐會使用空間跳躍，真是讓人吃驚。要知道這種能力在恩惠當中也屬於比較珍貴的類型，妳是在哪裡入手的呢？」

「這是與生俱來的能力，我從懂事時就能夠使用。」

阿爾瑪似乎對這個回答很感興趣。

「哦？天生的恩惠……也就是在外界會被稱為超能力之類的能力。這件事真是非常有意思。因為在我的時代，恩惠必定是由神靈、星靈、龍種這三個種族所賦予的力量，或是被作為考驗。」

「考……考驗也能算是恩惠嗎？」

「要看情況。因為一旦諸神不給予考驗而袖手旁觀，人類的歷史本身有可能會在那個階段完全斷絕……當你們明白這場遊戲中提到的『大父神宣言』之謎後，應該就可以學習到人和神之間的關係性。」

抿著嘴微笑的阿爾瑪特亞保持愉快心情繼續往前走。

鈴華靠近飛鳥，小聲開口發問：

「我總覺得阿爾瑪小姐很有智者的風範呢，而且也很了解希臘神話。」

「那當然，因為她是希臘的女神。」

「女……女神？」

「嗯，而且她還養育過希臘神話的主神宙斯。」

「妳說什麼！」鈴華忍不住大叫。

根據阿斯特里歐斯他們的討論，主神宙斯就是這次議題中提到的「大父神」。既然阿爾瑪是養育過宙斯的女神，就算可以跳過解謎步驟直接知道答案，似乎也不是什麼奇怪的事情。

「可……可是……那個，這樣真的不要緊嗎？」

「什麼意思？」

「要是知道遊戲解答的人也參加解謎，感覺這場遊戲就不能作為有效的競爭……」

「關於那方面請不必擔心。我的目的是培育主人，而不是讓主人獲勝。我會給予提示，但是不會提供答案。」

「……就是這樣。畢竟是位女神，世上一般的隨從定義可沒辦法套用到她身上。」

「唉……」飛鳥嘆著氣，往橫向洞穴的深處前進。

她探頭觀察高低落差很大的洞窟前方，可以看到昏暗的岩石裂縫一直往下延伸。

然而很不可思議的是，內部還是有著些微亮光。

抬頭看向上方，會發現洞頂有東西像星星一樣閃爍。

其實那是會發光的黏液，似乎有什麼在捕食被光源吸引而來的小蟲。這片光網布滿整個洞穴，為三人照亮了前方的道路。

整面牆壁上都是層層疊疊的傘狀鐘乳石，蠢動的蟲子造成的閃爍光芒照亮那些鐘乳石，讓陰影看起來像是詭異的人臉。然而另一方面，一節節累積起來的石筍與石柱聳立於各處的光景又顯得莊嚴，呈現出宛如神殿的樣貌。

才剛到達接近洞窟最深處的地方，走在最前面的阿爾瑪張開雙手擋住兩人。

「——請等一下。」

「怎麼了？」

「前面有人，主人也請提高警戒。」

阿爾瑪那帶著緊迫的語調讓兩人也換上認真表情。

既然能比任何人都更早來到此地，就代表對方已經解開「契約文件」上的謎題，智謀想必非比尋常。

阿爾瑪躲在洞壁的陰影後方，窺視最深處的空間。

那裡傳來年幼少女的聲音。

「……嗯……嗯，我知道啦。這點小事我一個人就能做到，詹姆士你擔心過頭了。」

（……小女孩？）

說話者擁有一頭宛如金線的柔亮長髮。

在類似火把的微弱光芒下依舊顯得滑順動人的長髮奪走了阿爾瑪的視線。雖然她已經活了很久，卻也沒看過幾次如此美麗的金髮。

少女左右晃動著身體，彷彿是一隻擁有漂亮毛皮的小動物在嬉戲。

「她似乎在和什麼人對話……那個黑色物體究竟是……？」

「哎呀，那應該是轉盤式電話的聽筒吧？」

飛鳥從旁邊探出頭，跟著她這樣做的鈴華也開口補充。

「是很古早的東西呢，我只有在以前的電影裡看過轉盤式電話。話又說回來，那東西有連上線路嗎？」

「沒看到類似電話線的東西……總之，應該是模仿轉盤式電話外型的聯絡用小道具吧。」

這肯定是道具製作者本身的興趣。

阿爾瑪再度豎起耳朵，偷聽金髮少女的發言。

「詹姆士說得沒錯，『赫拉克勒斯的石柱』其實是石碑。『多重疊合的星辰』這句話則具備了雙重的意義……咦？問我一個人有沒有問題？這……這點小事才不會有什麼問題呢！我都十二歲了，已經是出色的淑女了！」

金髮少女鼓起雙頰，似乎很不開心。

根據這些發言，她大概和飛鳥與鈴華一樣是參賽者。然而以競爭對手來說卻過於年幼，簡直像是被派出來幫忙跑腿的小朋友。

「那……那個，把這麼小的孩子一個人丟著真的妥當嗎？」

「……也對，看起來好像沒什麼危險，我們應該可以出面吧？」

「不，還是再收集一下情報比較好。對方率先到達此地，而且已經解開謎題，很有可能獲得了某種優勢。」

阿爾瑪勸退兩人，繼續警戒著金髮少女。

即使對方是個小孩，魯莽靠近依然有可能發生危險。

因為其他地方也就算了，這裡可是箱庭的世界，不屬於人世的魔境。

無法否定小孩其實是食人怪物的可能性。

「嗯……咦？姨母大人？啊……是！我一個人就把事情辦妥了！我們是第一個！姨母大人……蕾蒂西亞姨母大人您也感到高興嗎？」

金髮少女興奮地跳來跳去，這句話卻讓飛鳥也同樣吃了一驚。

「她說蕾蒂西亞姨母大人……咦？蕾蒂西亞？」

柔亮到會讓人誤以為是金線的髮絲和紅色的眼眸。五官帶著稚氣，不過和飛鳥認識的蕾蒂西亞頗為相似。而且最重要的是，這樣的外表非常有可能是吸血鬼。

飛鳥衝出遮蔽處，直接靠近那個金髮少女。

「咦……等……等一下，主人！」

她突如其來的行動讓阿爾瑪嚇了一跳，鈴華也嚇了一跳。

金髮少女更是大吃一驚。

她鬆手放開的轉盤式電話聽筒在半空中轉了三圈後落地，一路滾到飛鳥的腳邊才停下。

飛鳥動作迅速地撿起聽筒，在太陽穴冒著青筋大叫：

「我說……蕾蒂西亞！妳現在人在哪裡！」

「這聲音……難道是飛鳥嗎？」

「沒錯！從春日部小姐寄來的信裡得知妳失蹤了之後，我一直很擔心！居然沒打聲招呼就消失，我們家的侍女長有這麼不懂禮儀嗎！」

「抱……抱歉，我真的覺得很過意不去，妳可以先聽我解釋一下嗎？」

飛鳥一個勁地怒聲斥責，蕾蒂西亞只能一個勁地乖乖挨罵。

這出乎意料的狀況讓金髮少女整個人僵住，只剩下嘴巴不斷一開一合。碰上這種突然有個女人冒出來搶走自己聽筒的狀況，她的反應或許只能說是情有可原。

旁觀的鈴華不知所措地對身邊的阿爾瑪開口提問：

「……那個，請問蕾蒂西亞小姐是誰？」

「主人以前的女僕。」

「女……女僕嗎？」

「沒錯，外表是金髮美少女的吸血鬼女僕。」

「外表是金髮美少女的吸血鬼女僕嗎！真不愧是異世界！」

在鈴華原本的世界裡，別說很難見到真正的女僕，甚至根本沒有機會聽到相關的消息。

而且這位女僕還是金髮美少女吸血鬼，可以說在戰力方面也擁有壓倒性的實力。

「那麼，蕾蒂西亞妳現在人在那裡？平安嗎？」

「真要說起來……大概算是平安吧。基於某些原因，我目前在照顧自己的外甥女。至於詳細情況，我希望妳去問十六夜他們，『No Name』前身的成員應該也在那裡。」

「哎呀？」飛鳥發出感到意外的聲音。

「『No Name』前身的成員？妳是指妳自己和克洛亞先生以外的人？」

「飛鳥，我有個這輩子唯一的請求，妳願意幫忙嗎？」

「哎呀？講什麼『這輩子唯一的請求』，實在太見外了。既然是相隔這麼久才聯絡上的同伴，我已經準備好以低利率來幫忙喔。」

飛鳥以略帶挖苦的語氣來開著玩笑。

在聽筒的另一邊，原本一臉嚴肅的蕾蒂西亞也忍不住拉起嘴角。

「謝謝妳，果然出外就是要靠主子……那麼我有一件事想商量。只要短時間就好，能不能麻煩妳照顧一下我的外甥女拉彌亞？」

「咦！」

這次輪到金髮少女——蕾蒂西亞的外甥女拉彌亞發出整個走了調的驚叫聲。

她從飛鳥手上搶走聽筒，對著蕾蒂西亞大叫：

「姨……姨……姨母大人！身為代理盟主的我離開共同體恐怕不太妥當吧！而且您居然要把自己的外甥女交給陌生人類……」

「確實是很大的損失。而且儘管只是暫時，和妳分開還是讓我心如刀割又痛苦萬分。我知道拉彌亞妳很聰明也有實力，最重要的是，必須和可愛外甥女分開讓身為姨母的我滿心苦楚。」

「是……是那樣吧？沒錯吧！」

「但是，拉彌亞。那些人是我的恩人。如果沒有他們，我會在箱庭都市的外側成為奴隸，過著被好色之徒玩弄的日子。」

聽到蕾蒂西亞告知的事實，拉彌亞的表情整個繃緊。

這是逆迴十六夜、久遠飛鳥、春日部耀被召喚到箱庭之後沒多久的事情。

那時，根據地位於東區五位數的「Perseus」打算把蕾蒂西亞賣掉。每一個箱庭的吸血鬼都擁有美麗的外表和金髮，還具備與生俱來的強韌肉體。然而這樣的吸血鬼其實有著絕對的弱點。

吸血鬼無法承受太陽光直射。他們如果想在陽光下生活，必須受到箱庭的大帷幕保護。

對於吸血鬼們來說，沒有大帷幕保護的箱庭都市外側就和天然的牢獄沒有兩樣。而當時的「Perseus」，正是準備把蕾蒂西亞當作奴隸賣到那種地方去。

「我們和外界印象中的一般吸血鬼是不同的存在。雖然只有一個弱點，代價卻是這個弱點足以致命。萬一真的被賣到箱庭都市外側……我能做到的事情恐怕只剩下為了保住尊嚴而自我了斷吧。」

「……姨母大人。」

「飛鳥是我的大恩人，妳們能像這樣相遇也是某種緣分，妳願不願意助她一臂之力呢？」

對話到此短暫中斷。

然而，拉彌亞的聲音突然變得很冷漠。

「姨母大人，對方是**人類**。考慮到我們的最終目標，實在不該和他們親近。」

先前的稚嫩已經被徹底壓抑。

對人類的明確輕蔑、厭惡以及憤怒讓拉彌亞的幼小身體開始顫抖。

「我絕對不會忘記……是人類的偏見怨恨和詩人的享樂**導致**身為吸血鬼女王的母親大人**變成了那種怪物**——我應該告訴過您，自己的願望就是要讓人類受到報應，讓詩人徹底絕滅吧？」

拉彌亞用寂寞的語調傾訴著，彷彿是在苦苦懇求。她的聲音裡混合了親愛之情和依存之心，還透露出彷彿隨時會消失的虛幻感和可能隨時會燃起的怒氣。

要是做出錯誤的反應，拉彌亞說不定會立刻把親愛轉變為愛恨交織。

蕾蒂西亞一時不知道該怎麼回答，最後依然諄諄教誨般地說道：

「……拜託了，妳能為了我這個不中用的姨母挽回王族的名譽嗎？畢竟一旦達成我們的目的，就再也不可能報恩了吧？」

「……我明白了。不過，我只答應這次。事情結束之後，姨母大人和他們就再也沒有任何瓜葛，姨母大人會成為只屬於我的姨母大人。您願意定下承諾嗎？」

「謝謝妳，拉彌亞。把聽筒再拿給飛鳥吧。」

拉彌亞狠狠瞪了飛鳥一眼才把聽筒丟給她，然後無視眾人，找了個平坦的岩石坐下。完全無法掌握現在是什麼狀況的飛鳥走到拉彌亞聽不見對話的地方，開口對蕾蒂西亞提問：

「……那個，蕾蒂西亞？到底怎麼回事？」

「抱歉，我的外甥女拉彌亞就拜託你們了……要是只靠我一個人，根本不知道該怎麼做才能拯救那孩子。」

聽到蕾蒂西亞充滿無力感的語調，飛鳥嘆了一口氣。

同時，她也大略想通了狀況。

（總而言之……蕾蒂西亞離開「No Name」的原因，就是和她這個外甥女拉彌亞有關。）

不知道是拉彌亞被當成了人質……

還是遭到欺騙……

或是被某種恩惠洗腦？

蕾蒂西亞似乎沒有說明詳細狀況的權利。

「……妳真傻。要是當初找我們商量，我和十六夜都會立刻趕回來。」

「……我無話可辯解。」

「算了，也沒關係。仔細想想，同樣離開的我其實也沒什麼立場對妳說三道四。因為不知道內情所以目前沒辦法說什麼，總之我會試著和拉彌亞小姐一起行動，然後用我自己的方法來解決問題。這種基本方針可以嗎？」

「當然沒問題。我可以放心把她交給飛鳥……交給我的主子。畢竟過去是原石的問題兒童已經修行了兩年，肯定變得比我自己更加能夠依靠。」

「嘻嘻，這方面妳可以期待。那麼，蕾蒂西亞妳自己也要多小心。」

蕾蒂西亞點頭回應飛鳥的可靠發言，然後掛斷電話。

在此同時，聽筒變成恩賜卡，回到拉彌亞的手中。這種從未見過的機能讓飛鳥的好奇心有點發作，不過現在不是在意那種事的時候。

她清了清嗓子，回頭面對拉彌亞。

「呃……我可以叫妳拉彌亞小姐嗎？我叫久遠飛鳥，是太陽主權戰爭的參賽者之一。」

「……我知道，那邊的女神是阿爾瑪特亞吧？」

「哎呀，妳連在下也認識嗎？」

「當然。這次遊戲的內容，對妳來說根本不算是謎題吧？為什麼沒有早點到達？」

「因為我的目的是要讓主人成長，不是讓她獲勝。」

拉彌亞不屑地哼笑一聲，大概是認為阿爾瑪特亞的心態太鬆散了吧。就算她是個外表惹人憐愛的少女，這種舉動還是一點都不可愛。

然而不知為何飛鳥卻露出笑容，以親切態度靠近拉彌亞。

「好，我們行動吧。洞窟深處看起來很暗，妳要不要和我牽手？」

「不需要，被當成小孩實在讓人不快……還有，第一個到達的是我們的共同體，這點沒有退讓的餘地。」

「沒問題，這點道理我懂。」

「不過，能找出這個地方還真是有一套，畢竟光憑一般水準的知識根本不可能到達這裡。不愧是吸血鬼的王族，這精彩的智慧和勇氣叫人怎能不讚賞呢。」

阿爾瑪滿臉堆笑，把拉彌亞奉承了一番。

原本嘟著嘴巴的拉彌亞稍微放鬆表情，得意地挺起胸膛撥了撥金髮。

「那是當然。我們的共同體裡有一個確定是『最強』而喚出的遊戲掌控者，無論對手是誰都無法贏過他。」

「……哦，居然說是『最強』的遊戲掌控者嗎？」

阿爾瑪的笑容透出犀利。

在這個聚集了修羅神佛的箱庭世界裡，「最強」之名號絕非那麼隨便的東西。

無論是神靈還是英傑，都是在一個世界裡能立於頂點的存在。而這個箱庭世界，就是匯集了那種存在的地方。

因此在箱庭裡，當然不能輕易講出「最強」兩字。

正常情況下阿爾瑪會以嘲笑回應，不過這時她選擇暫時把嘲諷放到一邊去。

實際上，要來到此地必須具備相稱的知識。有鈴華那樣靠著地緣政治學的見解來進行推測的人，也有光因為「赫拉克勒斯的石柱」這條件就前來一探究竟的人。

然而——根據拉彌亞和蕾蒂西亞先前的對話，他們似乎是基於正當的推理才能找到這裡。

而且必須和鈴華一樣看過柏拉圖的原文，否則不可能做出正確的推理。

「既然自稱是『最強』，那麼我也該基於禮儀請教一下。你們的遊戲掌控者是根據何種手段才會提議妳前來此地呢？」

「那種謎題，只要看過柏拉圖的原文就能立刻解開。只是那東西被保管在無法輕易翻閱的場所，所以如果無法推論出『原文是基於什麼原委才會被保管在那種地方』，就不能稱得上是完美。」

聽到拉彌亞的回答，飛鳥和鈴華都看著對方點了點頭。

鈴華先前說過，她是因為柏拉圖的原文**開放給一般民眾**閱覽才能得知內容。可是拉彌亞並不知道這個消息。

這個矛盾代表了非常大的意義。

（對方的遊戲掌控者來自柏拉圖原文被開放給一般民眾之前的時代，也就是和十六夜等人不同的時代。）

（而且那個人物不但能推論出原文被保管在羅馬教廷機密檔案館裡的原委，在梵蒂岡也能吃得開……咦，好像不太妙耶？）

機密檔案館開放給一般民眾閱覽是近代以降的事情，只有一般關係的外部研究者根本無法進入。就算能夠推理，要是沒有足夠的身分，恐怕連原文是否存在都無法確認。

（……原來如此，難怪她會想要誇口是最強的遊戲掌控者。畢竟太陽主權戰爭是代表箱庭的大舞台，雖說這是狀況和立場剛好契合的結果，不過只要能成功拔得頭籌，為了打響名聲，採用這種手段也是一種辦法。）

阿爾瑪決定對這個自稱「最強」的評價打點折扣。

至少已經確定那個遊戲掌控者是「和羅馬教廷有某種關係的人物」。

要從對方手中奪得優勢，這樣已經十分足夠。

「嘻嘻，拉彌亞小姐的友人真是優秀。如果有機會，希望能承蒙對方指導一二——那麼，我們差不多該回歸正題了。」

阿爾瑪往前踏出一步。

最深處房間裡的石碑彷彿等候已久，正在散發出微弱光芒。

拉彌亞慌慌張張地把試圖碰觸石碑的阿爾瑪推開，挺起胸膛摸向石碑表面。

＊

——眾人的視界都被白光覆蓋。

即使閉上眼睛仍舊刺眼的閃光讓所有人都反射性地護住自己的臉。阿爾瑪特亞瞬間察覺到這是「境界門」打開了，卻無法判斷會被傳送到哪裡。

她做好備戰準備，委身接受轉移——

於是，一行人突然被丟進另一個洞穴的半空中。

「哇！」

「呀啊！」

「主人！」

阿爾瑪特亞把飛鳥和鈴華拉向自己，一起落進洞穴下方的湖泊。拉彌亞從容地展開黑影之翼飛翔，不屑地看著掉下去的三人。

居住在鍾乳洞裡的光蟲是只有此地才能看到的生物。

雖然被「境界門」轉移到其他地方，但是她們並沒有離開亞特蘭提斯大陸。

確認現狀之後，拉彌亞嘆了一口氣。

（那些人毫無戒心地掉下去，難道都沒有想過湖水裡面可能有毒嗎？）

光是要碰觸陌生土地的水就必須提高警覺，直接跳進水裡更是完全不該做出的行為。畢竟這裡可是不知道棲息著何種怪物的地方。

而且，還必須考慮到有可能會因此受到咒術之類的攻擊。

（真是的，居然要我和水準這麼低的人們一起行動……姨母大人到底在想什麼啊？）

拉彌亞不滿地鼓起臉頰轉開視線。

看在她的眼裡，大概只有阿爾瑪特亞一個勉強符合認可標準。

畢竟對方是養育過那個能與神王因陀羅並稱的著名最強神靈——大父神宙斯的女神，保持警戒才是最佳的做法。

關於這次的亞特蘭提斯大陸之謎，阿爾瑪特亞也有可能獨占了某些情報——

（啊……原……原來是這樣！）

拉彌亞的表情一口氣亮了起來。

（只要從阿爾瑪特亞口中打探出大父神宙斯的情報，進行遊戲時就能占有優勢！所以姨母大人是要我成為間諜！）

總算想通的拉彌亞開心地揮著雙手。蕾蒂西亞絕對不是對自己感到厭煩，這個行動也確實有著意義。

既然已經決定，現在必須思考討好她們的作戰策略。

靠近湖面的拉彌亞露出高高在上的笑容，展開黑影之翼。

「真沒辦法。好啦，抓住我吧。」

「得……得救了……！」

「嗚喔喔……總覺得來到箱庭之後常常往下掉！」

飛鳥和鈴華都抓住拉彌亞的影翼，開始往岸邊移動。

阿爾瑪似乎很舒服地自行游向前方，率先確認周遭的安全。

這個地底湖上方的洞頂很高，位置似乎比先前的洞窟更深。注意到設置在地底湖周圍的街燈後，阿爾瑪驚訝地瞪大雙眼。

「這是……煤氣燈嗎？」

「煤氣燈？」

「就是以天然氣為燃料的街燈。看樣子此地到處都冒著天然氣……說不定這裡位於地下好幾千公尺。」

「但是既然有街燈，表示有人居住吧？」

聽到鈴華的推測，三人都點頭同意。先前的鍾乳洞頂多只有五十公尺，可是這個地底湖光是到洞頂的距離至少就有五百公尺。

飛鳥擰著裙襬擠水，以感到不可思議的表情看向洞頂。

「這個地底湖看起來不像是人造物，是精靈們的作品嗎？」

「這裡的氛圍神聖到不像是精靈的居處，我想製作者恐怕是神靈吧。根據這種在力學上具備高耐久度的造型，可以推測出此處應該是地母神之類的神靈所造出的場所。」

阿爾瑪瞇起眼睛觀察洞頂。為了防止崩壞，洞頂被建造成描繪出曲線的圓筒狀，藉此避免空洞隨隨便便就被壓垮。

「精靈造出的自然洞窟不可能呈現那樣的形狀，所以毫無疑問是神靈的作品。」

「那麼這裡肯定是神聖之地，而且還有整修出的道路，說不定原住民們就在附近。我們可不能以現在這種模樣去見對方。」

飛鳥把裙襬往外一揮，於是身上衣服在不知不覺間已經乾了。鈴華也發現自己的衣服和落水前沒有兩樣，眨著眼睛很是驚訝。

明白衣服是瞬間變乾後，她開心地轉著圈說道：

「哇啊……總覺得這種魔法在下雨天會很有用！」

「嘻嘻，其實不是魔法，而是我的新伙伴有這方面的專長……來，伽拉特亞，不要怕，出來打聲招呼吧。」

於是，有個小小的精靈從飛鳥的長髮後面探出腦袋。

雖然這個名叫伽拉特亞（Galatea），把亞麻色頭髮綁成辮子的精靈滿心警戒地瞪著鈴華，鈴華卻興奮到兩眼放光。

「這……這是小人嗎？天哪真是超可愛的！」

「是小人型的精靈喔，在希臘似乎被稱為『寧芙（Nymph）』。」

在希臘的傳說中，自然靈的高階種「寧芙」扮演了各式各樣的角色，其中甚至還有能夠和神靈匹敵的精靈。

被這份可愛吸引的鈴華拚命克制想伸手把精靈捧在手上的衝動。

「請……請問我可以摸她嗎？如果講得具體一點，就是可不可以讓我把她捧在手掌上，戳一下看起來很柔軟的臉頰呢？」

「這個嘛……可以嗎，伽拉特亞？」

「不……不要！」

飛鳥笑著開口發問後，伽拉特亞紅著臉用力搖頭。

看樣子她是個很害羞的精靈。最後，還是帶著戒心的伽拉特亞動作迅速地躲回飛鳥的脖子後面。

「哎呀……真是抱歉，鈴華小姐。大概是剛剛從高處掉下來讓她嚇到了。」

「不不，請不必介意！我會自己擬定作戰計畫，找機會和她建立交情！只是伽拉特亞真的很厲害呢！每個精靈都能做到這種事嗎？」

「不，這是因為她是水邊的精靈。原本是斯庫拉(Skylla)——」

「斯庫拉？」

「呃，斯庫拉是和這孩子一樣的水邊精靈，也是我的新伙伴之一。我曾經接受斯庫拉的請求去消滅魔女，她們就是在那時和我親近起來。多虧有伽拉特亞一起行動，讓我不必擔心箱庭裡經常出現的掉落型陷阱，還能立刻判別水質是否有害。」

「……哦？」

在旁邊聽著對話的拉彌亞挑了挑眉毛。她原本以為飛鳥等人是毫無對策地掉進湖裡，不過聽起來還是有顧及到基本的危機管理。

當三人在閒聊時，阿爾瑪忙著檢查類似石碑的東西。

「主人，這裡的湖畔有下一個石碑。」

「妳辦事的動作真快，阿爾瑪。」

「等一下！之前有講好第一個摸的人是我吧！」

拉彌亞小跑過去，擋在阿爾瑪和石碑之間。

和先前不同，這裡的石碑上刻有文字。

飛鳥等人從拉彌亞後方探頭看向石碑，閱讀上面的內容。

「——lost Atlantis fastmission——

探訪古老英雄之人啊，

在此認可汝等的智慧，同時開啟新的考驗。

打倒海魔，展示自身之武略吧。」

在一行人閱讀完內容的那一剎那——地底湖開始捲起一個大漩渦。

觸手和水流一起竄出，在碰觸到洞穴頂部的同時抓起鐘乳石。看到被折斷的鐘乳石如雨滴般落下，阿爾瑪立刻變化成鋼鐵防護罩覆蓋住所有人。

飛鳥從旁邊找了個空隙，觀察從地底湖中出現的敵人。

「……原來如此，意思是測試完智力後就輪到武力嗎？這場遊戲的核心概念或許已經呼之欲出了。」

「現……現在不是說那種事情的時候吧！我們必須趕快往裡面逃！」

「好了好了，冷靜一點——阿爾瑪，妳知道那是什麼嗎？希臘系的怪物？」

「不，我不確定。既然對方擁有海綿狀的觸手，外型應該和海獸卡律布狄斯(Charybdis)相近，但是……」

阿爾瑪難得講話如此吞吞吐吐。

和飛鳥一樣探頭觀察的拉彌亞剛看清敵人就皺起眉頭。

「哦……原來是具備神格的海獸，那玩意兒根本已經是神獸了。」

「神獸？」

「沒錯，雖然只是低級，不過也是一種神靈。我記得卡律布狄斯是大地母神蓋亞的女兒吧？如果這個地底湖確實是神聖的場所，那麼這東西大概是被召喚來當守護者吧？」

神獸卡律布狄斯——是隸屬於希臘神群的海獸。

據說卡律布狄斯是大地母神蓋亞與海神波塞頓的女兒，由於犯下過錯，被變成負責守護義大利美西納海峽的海獸。

這隻神獸在隔開陸地的海峽中製造出大漩渦，阻擋渡海英雄的旅途。

（既然是蓋亞直系的神獸，等於差不多和刻耳柏洛斯(Cerberus)同格嗎……算了，反正不是我的對手。）

拉彌亞考慮著自己該怎麼行動。只要稍微提起幹勁，要打倒這種程度的敵人可說是易如反掌，至少她的實力確實綽有餘裕。

和外界的吸血鬼相比，拉彌亞的種族擁有不同的生態系統，甚至可以斷言他們和被認為怕水的吸血鬼幾乎沒有任何關係。因此這種程度的水流對她不會有什麼影響。

不過……拉彌亞並不確定身為「Ouroboros」盟主之一的自己隨便展現實力的行為是否恰當。

「阿爾瑪特亞，妳應該能輕鬆打倒對方吧？」

「啊……嗯……這個……」

「妳要知道海獸之類的生物能讓雷電擴散消失，就像有閃電擊中海面時並不會發生什麼事，甚至連海裡的魚也不會怎麼樣。」

海水有著較高的導電率，就算被閃電擊中，能量也會在海面就分散傳導出去，因此落雷很少奪走海棲生物的生命。

要是敵人浮在水上也就算了，一旦潛入水中，用閃電攻擊幾乎沒有效果。

「使出能把地底湖整個炸翻的威力或許可以另當別論……不過，如果那個真的是傳說裡的卡律布狄斯本人，我有點不忍心那樣做。因為她和斯庫拉她們一樣，都有著被變成怪物的傳說。」

飛鳥的表情突然染上不快的神色。

她把手放到腰間的日本刀刀柄上，瞪著潛入湖底的海獸。

「……原來如此，那麼該輪到我上場了。」

「我必須待在這裡保護鈴華小姐，您一個人沒問題嗎？」

「沒問題。鈴華小姐、拉彌亞小姐，妳們不可以離開這裡喔！」

看到飛鳥以輕快腳步衝了出去，鈴華驚訝地大叫：

「等……等一下！飛鳥小姐！」

飛鳥以破竹之勢躲過落下的鐘乳石，一口氣縮短距離到達湖畔。她單手舉起破風笛，和先前一樣讓大地隆起化為屏障。

卡律布狄斯判斷目前的攻擊對飛鳥沒有效果之後，隨即在地底湖裡製造出巨大的漩渦，顯露出自身的樣貌。外型很像是巨大的水母，不過伸長的無數觸手上可以看到類似利牙的尖銳物體。

看起來有點像是一條條大蛇呢……飛鳥面露苦笑。

萬一被觸手抓住，飛鳥的細瘦身體肯定會被輕易咬裂。

然而飛鳥卻展現出不像是普通少女的俐落腳步，接二連三地躲過觸手，甩著裙襬往前衝。

「啊哇哇……！我……我也該出手幫忙才行……！」

「妳最好別那樣做。而且這點小事，那個人應該可以應付吧？」

拉彌亞事不關己地丟下這句話，鈴華則是慌到手足無措。

不過拉彌亞的預測很正確。

數量超過一百根的觸手雖然都伸長著想要纏住飛鳥，卻連她的裙襬都摸不到。從地底湖的底部現出巨大身軀的卡律布狄斯掀起幾乎高達鍾乳洞頂部的龍捲風，試圖牽制飛鳥。

（身體能力方面大概是半神半人……不過是我多心嗎？總覺得肉體和精神似乎並沒有完全契合。）

拉彌亞發現和優秀的身體能力相比，飛鳥的腳步運用並不太穩當。甚至還覺得就像是不同的個體結合為一，結果卻出現歪斜。證據就是在龍捲風的吹襲下，只不過是放低重心就能抵禦的攻擊卻讓飛鳥難以因應。

只是——飛鳥揮動破風笛後，她的周圍出現平靜無風的空間。趁著這個大好機會，飛鳥一口氣前進。

來到湖水淹過腳踝的位置後，飛鳥拿出恩賜卡大叫：

「抱歉我要下猛藥了，首先要把妳從湖裡拉出來——來吧！迪恩！」

兩根巨大的鋼鐵手臂突然從地底湖的湖底冒出。雖然不知道它先前是藏身於何處，來自自身腳邊的奇襲還是讓卡律布狄斯發出淒厲叫聲。

「PuGEEEYAAAAaaa！」

「DEEEEeeeEEEEN！」

被巨大鋼鐵手臂勒住的卡律布狄斯動用全部觸手試圖掙脫，迪恩卻完全不受影響。

從地底湖中出現的紅色鋼鐵巨人發出吼聲，刻於胸前的太陽標誌閃閃發光。

在遠處觀戰的拉彌亞用力皺起眉頭。

（那個太陽標誌……該不會是希臘神話的古老塔羅斯（Old Talos）吧？怎麼可能！為什麼「Ouroboros」被偷走的鐵巨人會出現在這種地方？而且還用神珍鐵改良過了，好像比舊型號還帥氣一些！）

拉彌亞提到的「塔羅斯」，是指使用金、銀或青銅製造的希臘自動人偶。

三年前——魔王「黑死斑死神」率領的共同體「Grimm Grimoire Hameln」被打倒之際，從哈梅爾（Hameln）分離出來的另一個共同體從他們手中奪走了某個鐵巨人，後來又借用龍之純血種們的力量，讓紅色的鋼鐵巨人進化了數個世代。

運用神珍鐵，成功獲得無限動力的鐵巨人。

搭載神造永動機的鐵巨人「迪恩」歷經許多戰鬥後，目前依舊是久遠飛鳥的忠實僕人。

迪恩高舉起卡律布狄斯，把她用力摔向湖畔。

手放在刀柄上的飛鳥專注地看著卡律布狄斯。

常人會覺得那只是一隻怪物，然而在握緊刀柄的飛鳥眼卻能看到其他東西。巨大身軀的中心核——找到發出微弱光芒的一點後，飛鳥睜著炯炯雙眼大喊一聲。

「喝——！」

她拔刀一砍，劍光竄過卡律布狄斯的巨大身軀。

這刀法讓拉彌亞吃了一驚。

（有……有夠平庸……！）

明明擁有好幾個強大的使魔，飛鳥使出的居合拔刀術卻是極為平凡，只有勉強還維持著殺傷力的程度。

水準在及格邊緣，要是使用三次，恐怕會有兩次被評為不合格。

但是……雖然刀法在技術面上可以斷定是平庸，軌跡卻不一樣。卡律布狄斯的肉體出現一條類似裂痕的傷口後，巨大身軀的中心核放出耀眼的光芒。

就像是中了毒一般，卡律布狄斯的全身開始痙攣，所有觸手都無力地落入湖中。

「打……打倒她了嗎？」

「……？看起來不像是死了。」

鈴華不安地觀察狀況，拉彌亞則是帶著懷疑回應。

若以生命活動還在繼續的層面來看，確實不算是死了。不過樣子不太對勁，不光是對靠近的飛鳥毫無反應，甚至對站在旁邊的迪恩也是置之不理。

飛鳥靠近卡律布狄斯後先撿了個東西起來，才回頭看向鈴華和拉彌亞。

「已經結束了！妳們都過來吧！」

「……真的嗎？那東西怎麼看都還活著耶。」

「是……是不是讓她睡著了？」

「嘻嘻，過來就知道了喔。」

手裡藏著東西的飛鳥露出促狹的笑容。

鈴華和拉彌亞看了看彼此，快步走近飛鳥。

飛鳥打開雙手——裡面有一個睡得香甜的小人型精靈。

「哇……哇哇……！好……好可愛！看起來不是剛剛的伽拉特亞，這孩子是怎麼了？」

「這孩子是卡律布狄斯的本體，也就是靈格。因為我把她的靈格和傳說切割開來，所以靈格也變小了。不過這樣一來，她應該能從詛咒中獲得解放。」

「……嗚……妳說什麼……？」

把傳說和靈格切割開來——一聽到這句話，拉彌亞驚訝到全身顫抖。正常來說，這種事情絕無可能。不，說是根本**不該存在**也不為過。

關於箱庭裡的「靈格」，能顯示出其強度的指標可以大略分為三種。

第一種指標是在物質界裡的「總質量」。星靈之所以會被視為最強種之一，正因為他們是在這個領域裡立於頂點的種族。星靈種作為統合了物質體(Material)、星辰體(Astral)、虛數體(Tachyon)的完全生命體，在三大最強種中也是特別強大的存在。

第二種指標是「時間密度」。這項指標取決於靈格產生後到現在為止的存在時間，以及靈格在平行世界裡的產生概率與存在密度。這些數值越高，靈格就會越強大燦爛。

星靈種在這個領域也很強大；至於人類，則是王族和半神半人符合這個條件。

一個靈格要是能在平行世界裡「被觀測到完全一致的現象」，大抵可以稱得上是最強的靈格。這是因為即使基於統計學的因果法則，也必須在宇宙(世界)誕生的同時就獲得保證才能夠被觀測到。

以箱庭來說，「未來預知」這種權能就代表了能推測上述這兩種總容量的力量。

從 Alpha（最初）就已註定的宇宙總負載容量。

人類在命名時——會稱之為「命運」。

「黑兔在『煌焰之都』時曾經提過類似的事情，不過她那時並沒有詳細說明。」

「因為幾乎只有四位數以上的對手才會需要用到那方面的知識來解謎。我想她應該是認為即使說明也只會讓主人您感到困惑吧。」

和前述兩個先天性靈格相比，第三種指標的定位是針對被賦予的後天性靈格，也就是所謂「基於達成的功績而獲得的靈格」。

「傳說和靈格的關係是……呃，是什麼呢？」

「對世界造成的影響、功績、補償，以及報酬。代表性的例子有開拓土地，發掘新概念，還有活祭品的儀式等等。」

這些是以前飛鳥等人和哈梅爾的魔王戰鬥時就聽過的說明。

「『持有功績就代表有相關的傳說』……這種說法雖然和真相有些不同，不過作為概念倒是沒有那麼大的錯誤。至於能作為主題的必要情報，就是『這類靈格屬於後天性』這一點。而主人您擁有的星劍，則具備了能將主體和傳說切離開來的力量。」

「嗯，但是只要當事者有意願就會恢復原狀，畢竟 Amakuni（天國）先生說過——

『公主您的亂揮劍術實在太糟了，就算可以碰觸星劍也無法確實運用。要是不能領悟梵我一如的極致，重新鍛造的天叢雲劍也欠缺畫龍點睛的關鍵。』

——就是這麼一回事。不過呢，這次的事情就算是亂揮劍術也能輕鬆解決。」

飛鳥露出有點得意的表情。

聽到她的發言，拉彌亞開始高速翻找腦海裡的資料。

（天叢雲劍……是指那把兩年前才第一次公開出沒的剋殺神祕之劍嗎？那麼所謂的Amakuni 就是製作者？可是阿爾瑪特亞說那是星劍……既然是星劍，應該是星造武器吧？）

拉彌亞也聽說過剋殺神祕之劍。

那是在「No Name」眾成員兩年前參加的恩賜遊戲裡，由一個名為斐思・雷斯的女王騎士使用過的劍。那把劍具備破格的力量，能夠完全封印包含自身在內的周遭一帶的靈格。

至於能夠分割傳說和靈格的能力，就是把那種力量縮小到局部的使用方法吧。

拉彌亞瞪著卡律布狄斯再也沒有動作的巨大身體，以銳利眼神再次發問：

「……這下我總算理解了，卡律布狄斯和斯庫拉這些精靈都擁有『被變成怪物的傳說』，所以妳就是只切除了傳說部分吧？」

「沒錯，另外還可以無條件地讓魔術性質的事物無效化，也可以輕鬆解除源於風評的詛咒。」

裝出平靜態度的拉彌亞抑制著加速的心跳。

那東西是否為星造武器的真偽已經無關緊要。

不，如果有可能，她希望是真的。

假如——那把劍真的有能力分割傳說和靈格，甚至連詩人們製造出的詛咒傳說也可以斬斷。

（或許就能夠切離母親大人的……母親大人的吸血鬼詛咒……！）

——這已經是數千年前的往事。

在身為「箱庭騎士」的吸血鬼墮落為魔王那時。

有一名女性獨自扛起了詩人們引發的所有風評和醜聞，因此墮落為怪物。吸血鬼女王蕾蒂西亞．德克雷亞的妹妹拉彌亞．德克雷亞就這樣成為眾人厭惡的怪物。

甚至被稱頌為第四最強種的詩人可以利用自己的詩歌和創作物來解釋歷史並藉此干涉。

美麗的雪白肌膚冒出鱗片，動人的豔紅嘴唇長出恐怖的醜陋牙齒。拉彌亞．德克雷亞受到會吃掉自己孩子的詛咒，為了保護肚子裡的小孩而不得不進入永眠。

（……我要先冷靜下來。現在還不確定那把劍能不能影響由詩人們引起的歷史改變，必須先找個試金石。）

但是——當然不可能隨便找得到符合需求的試金石。

而且詩人的改變甚至可以重新製作「主辦者權限」的遊戲規則。換句話說，他們在大部分情況下都具備和魔王同等的力量。

所以，理想的試金石是——即使無法使用「主辦者權限」也能夠與魔王匹敵，經歷過詩人的改變，而且可以用那個差勁劍術攻擊的對象。尤其劍術是最大的難關，會被那麼平庸的劍術砍中的對手相當有限。

能湊齊這些條件的人物不可能那麼剛好——

（……啊……）

——**存在**。不，是之前存在。

「Ouroboros」裡有一個符合所有條件的成員。

（把那傢伙當成試金石是個不錯的方案，反正他本來就是黑天為了試探「Avatāra」動向才喚醒的棄子。）

話雖如此，必須先準備夠格的理由和作戰計畫才能動手捨棄對方。

還要準備送給「Ouroboros」諸盟主的禮物。

（不過……有一試的價值。）

拉彌亞下定決心，回頭看向飛鳥等人。

她們正好開始閱讀石碑上浮現的文字。

「呃，接下來是……地圖？」

「這是亞特蘭提斯大陸的東邊，說不定是在指示下一塊石碑。和這裡的距離相當遠，移動不是易事，由我送各位過去應該比較好。」

「那麼我們趕快離開這裡——」

「等一下。在那之前，我有話要說。」

拉彌亞舉起手，讓飛鳥她們把視線都集中到她身上。

雖然這是極其危險的賭博，也只能堅持到最後。久遠飛鳥出身「No Name」，原本就有理由和「Ouroboros」敵對。

只要主動撒餌，她沒有道理不上鉤。

拉彌亞從胸口拿出印有「Ouroboros」旗幟（Symbol）的紋章，緩緩告訴眾人。

「首先，很抱歉我隱瞞身分至今——我叫拉彌亞・德克雷亞二世。要以『Ouroboros』盟主之一的身分，和各位商量一下關於違約的英雄……阿周那的事情。」

另一方面——在大陸東方盡頭的原住民聚落。

天邊出現朝霞的同時，逆迴十六夜也醒了過來。

或許是昨晚的激戰耗盡了體力，他很難得地沉沉睡了一覺。

（……驚天動地，我好久沒有像這樣睡到搞不清楚時間。）

十六夜搔著腦袋坐起身子。

結果，衣服卻突然被往下一扯。

「嗯？……什麼啊，原來是白化症的小鬼。」

為了保護這個白化症(Albino)少女，她被安排睡在十六夜旁邊。

遭到某個自稱黑天的傢伙追殺的少女，是粒子體研究的實驗體之一。

同時也是引起「天之牡牛」事件的導火線，因此試圖讓粒子體研究的權威更加提升的外界組織和有意助長那種事態的箱庭共同體都想取她的性命。而且十六夜以前摧毀過一個組織，這個得了白化症的黑人少女很有可能是那組織的殘黨所製造出來的生命。

正因為少女沒有戶籍，所以是有用的實驗體。
她沒有父親，沒有母親，在世上無依無靠。
孤苦伶仃地誕生於世，在黑暗深淵底部勉強生存至今的少女——正在睡夢中發出沉穩的呼吸，同時緊抓著十六夜的衣服不放。
十六夜帶著苦笑拉開少女的手。
「很好，妳還有這種力氣。不過我有點事要外出，妳待在這裡乖乖睡覺吧。」
「……嗯唔……」
然而少女的手才被拉開，立刻又抓住十六夜的衣服。
「……放開。」
再度抓住！
「放開。」
死抓著不放！
「ＯＫ，上衣就拿去吧，妳可要睡暖一點啊。」
現在不是玩這種跳針搞笑的時候。
十六夜換上床邊的襯衫，走出借用的宿舍。
整群的白色建築物開始逐漸被朝陽照亮，門口裝飾的避邪牛面具也反射著陽光，讓人產生面具似乎也和聚落一起醒來的錯覺。

小鳥躲在院子裡的葡萄藤下發出啁啾叫聲。

或許是原住民在爐灶裡起了火，烹煮食物的香味飄了過來。

十六夜前往附近的水池舀水沖頭，像貓一樣甩甩腦袋，再用手把頭髮往上梳。

「算了，畢竟昨晚很漫長。這次真的是累了，身體到現在還有倦怠感。」

上一次發生這種隔天仍受影響的情況，已經是三年前的事情了。

十六夜轉動肩膀，關節發出響亮的喀喀聲。

（昨天遇上了……**自稱**黑天的傢伙，還有俄爾甫斯和赫拉克勒斯是吧？我很歡迎刺激的對手，但是像這樣一口氣冒出來還真教人吃不消。）

他們每一個都是能和魔王相媲美的著名英雄英傑。

如果是三年前，甚至需要動用共同體的所有戰力才能與之抗衡。

（雖然把對手打跑了，不過還沒摸清所有底細，不能掉以輕心。）

尤其「Ouroboros」這個共同體自稱為魔王聯盟，三年前曾在箱庭各地興風作浪。成員有馬克士威魔王和混世魔王等人，這些人擾亂箱庭秩序的目的至今尚未判明。

那個自稱黑天的傢伙還宣稱他就是「Ouroboros」的創設者，因此十六夜想趁這次機會做個了結。

然而他們那種等級的英傑很可能持有「主辦者權限」。

「主辦者權限」是連修羅神佛都無法逃離的最高等強制執行權。要是無法破除，就不能算是真正超越那些人。

例如赫拉克勒斯應該擁有名為「十誡考驗」的強大「主辦者權限」。這是甚至被稱為恩賜遊戲代名詞之一的有名考驗，果然還是該找個機會挑戰。

而黑天更是人類中頭一個被傳頌的救世主之一。

就算那傢伙不是黑天本人，也極可能保有類似的恩惠。

為了對抗他們，十六夜需要夠格的王牌。

對於已經黏合在自己右手上的手套——焰稱為血中粒子加速器(Blood accelerator)的這個武器，他也想多測試一下。

如果身體的疲勞感是副作用，必須把這東西視為必須付出相稱代價的武器。

「好，淋過冷水後腦袋也清醒了。焰大概還沒起床，乾脆去騷擾一下傳說中的赫拉克勒斯……」

「喂喂，你別亂來。那傢伙就算在睡覺也還是赫拉克勒斯，最好不要以半吊子心態去招惹。」

從宿舍裡出來的人影勸阻了十六夜的惡作劇計畫。十六夜露出意外的表情，回頭看向那個男性——詩人俄爾甫斯。

「……哦？真讓人意外。俄爾甫斯，聽起來你和赫拉克勒斯的交情還不錯嘛。」

「哎呀，我和赫拉克勒斯有交情會讓你感到意外嗎？」

「當然啊，如果你們兩個人的關係和傳說裡一樣，赫拉克勒斯就是殺死你弟弟的凶手。所以認為你們之間有什麼夙怨應該是很正常的反應吧？」

這次換成俄爾甫斯一臉訝異。

十六夜提到的「俄爾甫斯的弟弟被殺」是赫拉克勒斯小時候的事情。

據說赫拉克勒斯有好幾位老師，傳說裡記載其中一人是俄爾甫斯的弟弟。

「你知道很多有的沒有的事情呢，十六夜小弟……沒錯，有段時期雙方確實交惡，我也是為了殺掉赫拉克勒斯才登上『阿爾戈號』。」

「真是一趟殺氣騰騰的航海之旅。」

「哈哈，是啊。不過呢，我們在反烏托邦(Dystopia)戰爭那時曾經溝通過，明白彼此不該繼續互相憎恨。結果到了現在，和赫拉克勒斯最常往來的希臘英傑反而是我了。」

俄爾甫斯帶著苦笑聳了聳肩。既然是「互相憎恨」，表示赫拉克勒斯過去也厭惡過俄爾甫斯。所以這番話的意思是……那場反烏托邦戰爭的戰況甚至熾烈到足以改變兩人之間的仇視關係嗎？

「……也就是說，因為反烏托邦戰爭而發生了很多事情吧？畢竟永遠都抱著憎恨也是很罕見的情況。」

「是啊。不過我自己雖然變了，卻沒有赫拉克勒斯那麼誇張。按照他以前的行事為人，我根本沒想過赫拉克勒斯有一天會收弟子。要是他以前的恩師們得知這件事，肯定所有人都會瞪大雙眼口吐白沫，帶著必死的決心跑去阻止赫拉克勒斯。」

俄爾甫斯笑著移動到十六夜旁邊，舀起水來洗臉。

十六夜雙手抱胸，帶著嚴肅表情仰望天空。

「赫拉克勒斯的弟子嗎……該不會是指春日部她父親吧？」

「什麼啊，原來你知道。」

春日部耀的父親……春日部孝明。

甚至被稱為「No Name」前身之最強戰力的異鄉人。

儘管這個人在幾年前就已經下落不明，偶爾還是會聽到他是赫拉克勒斯弟子的傳聞。

「話說起來，現在的『No Name』是不是由孔明(孝明)的女兒擔任首領？哎呀！時間過得真快！她有沒有成為像媽媽的可愛女孩呢？」

「我不知道。長達兩年沒見，我根本無法想像那傢伙現在變成什麼樣子。不過按照她那種好吃個性，變成圓滾滾體型的可能性搞不好有微粒子等級的機率成真……」

「……哦？我還想說怎麼沒人來迎接，原來你在聊這種事情啊？」

隨著熟悉的少女說話聲出現，兩人的對話也突然中斷。

幾天前十六夜曾經在電話中聽過這聲音，但是現在直接聽到，果然更令人確切感受到已經過了兩年。

只是聲調裡帶著不少怒氣，不太像是沉浸於鄉愁之中。

畢竟是十六夜整整兩年都不聞不問，這反應其實也可以說是無可厚非，不過再表現出多一點像是為重逢而感動的氛圍應該也可以吧？

十六夜露出苦笑，對著從岩石上俯視這邊的少女打了聲招呼。

「……兩年不見啦，春日部。還是該稱呼妳為『No Name』的首領大人才對？」

「如果你真的有一絲一毫把我當成首領的念頭，應該把報告、聯絡、商量等行動做得更確實一點。我完全沒料想到兩年以來居然會只收到兩封信。」

春日部耀把手扠在腰上，指責十六夜的過失。

沒把這些抱怨聽進耳裡的十六夜繼續雙手抱胸，仔細觀察兩年沒見的同志。

彼此最後一次見面時——春日部耀還只有十四歲。

她當時的發言和行動多少都帶著稚氣，給人一種很像大型貓科動物的印象。

現在或許是因為身高略有長高，體型也變得比較有女人味，散發出遠比以前踏實可靠的氣質。

突然成為共同體的領導人，春日部耀肯定吃了不少苦頭。

十六歲的她想必在身心雙方面都有成長。

如果是兩年前，十六夜根本不會想到那麼自由奔放的春日部耀有一天會講出「報告、聯絡、商量」這種事情。

「嗯……外表和內在的成長都算是合格嗎？」

「……？這話什麼意思？」

「沒事，只是因為妳的成長超乎了我的想像，如此大的改變讓全世界都為之感動落淚。」

十六夜聳著肩膀呀哈哈大笑。

旁邊的俄爾甫斯卻半張著嘴盯著耀看。

他像鯉魚那樣把嘴巴開開闔闔好幾次之後，才以滿心驚嘆的態度靠近耀。

「太……太讓人吃驚了，怎麼會這樣！跟二千華簡直是一模一樣嘛！」

「咦？」

「二千華？」

「就是孔明的夫人！哎呀，那時候的小嬰兒居然長這麼大了，讓人感嘆歲月如梭！妳過得好嗎？」

突然聽到母親的名字，耀驚訝到說不出話。

她用覺得奇怪的眼神看著握住自己雙手用力搖晃的俄爾甫斯，滿心懷疑地問道：

「十六夜，這個人是誰？」

「聽說他跟克洛亞一樣是『No Name』前身的創始者，和妳的雙親也都認識。」

「噢，原來是這樣。初次見面，我是春日部耀。家父家母似乎受您照顧了？」

「嗯……為什麼是疑問句呢，讓大叔我很傷心。不過我還是原諒妳，畢竟照顧孔明他們的人主要是赫拉克勒斯嘛——哈哈！真懷念啊！要知道幫妳母親接生妳的人也是那個赫拉克勒斯喔！」

這次十六夜和耀都詫異地看了看對方。

即使聽說過他們交情很好，好到這種地步卻是讓人出乎意料。換句話說，春日部耀的雙親和赫拉克勒斯之間的關係與其說是同伴，更該說是如同家人般親密。因為提到自己不記得的幼年往事，耀似乎很難為情地搔了搔臉頰。

「呃……話說起來，爸爸的作品應該有很多都是以希臘的英雄作為題材。」

「哦？我記得……他是雕刻家沒錯吧？」

「嗯，據說爸爸在求學時期曾經以獎助學生的身分前往歐洲的佛羅倫斯留學，那時候的作品幾乎都是赫拉克勒斯和阿斯克勒庇俄斯。」

「嗯嗯嗯？真奇怪，沒有我的雕像嗎？雖然剛才那樣說，但我也幫了他不少忙啊。」

「嗯，我記得沒有。」

看到耀立刻否定，俄爾甫斯這次好像真的很受傷。即使身為詩人，他仍舊是希臘神話中的著名英傑，對於讚頌自身的雕像當然也有興趣。

耀再次雙臂環胸開始回想，最後卻判斷果然還是沒有印象而決定不管俄爾甫斯。

至於十六夜，反而因為耀的用詞而感到納悶。

（……？**歐洲**的佛羅倫斯？）

說起花都佛羅倫斯，在提到歐洲之前，應該會先提到義大利才對。

她甚至沒有用「義大利的首都羅馬」之類的講法，而是直接稱為「歐洲的佛羅倫斯」，要是當地人聽到肯定會氣到發狂。

然而似乎只有十六夜注意到這個不太對勁的地方，俄爾甫斯正摸著下巴滿心感慨地回顧過往。

「好懷念啊……要不是有被召喚來箱庭的孔明和亞瑟，我們恐怕無法成功打倒敵托邦（Dystopia）魔王。他們兩人真的奮戰不懈。」

「……？爸爸是為了和敵托邦魔王戰鬥才被召喚到箱庭？」

耀似乎很不解地歪了歪腦袋。

這是她第一次聽說父親被召喚來箱庭的理由。

可是俄爾甫斯卻緩緩搖頭，露出有點過意不去的表情。

「不，我想一定不是那樣。孔明只是意外被召喚而來，他原本應該是位居命運之外的人類之一……至少根據摩根的遺書，加冕石（Lia Fail）喚來的人只有亞瑟一個才對。」

最後這句話沒有傳進任何人的耳裡，而是飄向空中逐漸消散。

俄爾甫斯抬高視線看了看十六夜和耀，泰然地點點頭。

「儘管有許多神明與英傑在反烏托邦戰爭中犧牲，然而那場戰爭的終局絕對算不上最好的結果，只不過是尋求『能以最快速度結束戰爭的方法』後才做出的行動。我曾經多次在夜裡為了那個結局而感到後悔與遺憾……不過，既然分別由我的得意門生金絲雀所選中，還有由赫拉克勒斯所接生的嬰兒都像這樣齊聚一堂，準備攜手以新時代英雄的身分來超越我們的偉業，那麼無論是我個人的苦惱還是金絲雀的後悔……絕對都不是全無意義。」

俄爾甫斯的笑容看起來開朗清爽，眼裡卻藏著無法徹底掩蓋的哀傷。

看到這個笑容，十六夜瞬間明白。

（……是嗎，這傢伙也知道金絲雀已經死了。）

身為老師的俄爾甫斯過去對金絲雀百般疼愛，甚至把自身的詩人力量也轉讓給她，當然會因為弟子之死而感到痛心。

見過已經成長的耀之後，俄爾甫斯換上嚴肅表情，像是下定了什麼決心。

「……好，我差不多該回去了。」

「回去？」

「回到『Ouroboros』。因為現在的我是他們的僕人，就算稍違反抗了一下，還是不能不回去。」

大吃一驚的耀看向十六夜。她現在還不清楚狀況，這也是合理的反應。然而「No Name」和「Ouroboros」長年對立至今，對此事態自然不能隨便置之不理。

雖說十六夜也沒能掌握所有詳情，天生敏銳的他還是點了點頭。

「嗯，我想也是。以你的立場來說，那是無可奈何的判斷。」

「咦……等一下，那樣真的好嗎？」

「沒問題，畢竟能讓俄爾甫斯默默服從的理由並不多。他是世上數一數二的愛妻人士，我猜大抵是因為老婆被當成人質之類的理由吧？」

「……哈哈，那是祕密。」

俄爾甫斯帶著苦笑聳了聳肩。這笑容有一半算是在肯定十六夜的推測，不過或許是有什麼限制讓他無法親口講出理由。

「那麼我先走了……你們也要小心。尤其是自稱黑天的神祕敵人非常危險，除非有什麼必勝的策略，我不建議你們主動對他出手。」

「我會把你這些話當成忠告收下……但是近期之內，我必須和那個混帳做個了結。到時候連你也會成為敵人，應該不成問題吧？」

看到十六夜充滿挑釁的笑容，俄爾甫斯也帶著微笑回應。

「當然沒問題，雖然之前讓你看到我沒出息的模樣……不過身為曾經的詩人，就來接受年輕人的挑戰吧。我可是靠愛來擊落天空的男人，不要太小看我的潛力。」

語畢，俄爾甫斯揮著手轉過身，消失在森林之中。

和十六夜一起目送俄爾甫斯離開之後，耀不安地開口發問：

「……讓他走真的好嗎？」

「我原本認為根據情況，或許必須把俄爾甫斯扣留起來。但是妳有看到他剛才的表情吧？那是已經下定決心的表情，所以我們應該默默看著他離去。」

十六夜再次從水池裡舀水沖頭，然後甩著腦袋看往炊煙升起的方向。

「與其繼續討論這事，不如去吃飯吧。還是妳已經吃過了？」

「還沒。正想去吃的時候卻聞到十六夜的氣味，所以我忍著沒吃先過來了。」

「快點走吧。」耀扯著十六夜的袖子開始移動。

之到那個最愛吃的耀居然把和自己會合放在吃飯前面，十六夜有點感動——然而，他隨即發現耀拉扯的力道幾乎快把袖子扯斷，忍不住露出苦笑。

只是十六夜本身也很在意從先前開始飄來的食物香味。

而且還有很多話要聊，因此他決定先去拜領原住民的早餐。

「……喔喔……！」

看到擺放在聚落中心的餐點，耀發出感嘆。

從爐子上傳來香氣的是番茄嗎？

桌上的麵包看起來很硬，大概要先泡在湯裡或葡萄酒裡之後再吃。

焗烤肉醬茄子和馬鈴薯、炸櫛瓜球，以及窯烤蔬菜都淋上了大量的橄欖油和番茄醬，還加了香草或大蒜來增添香味，感覺可以飽餐一頓。

「分量是一百分，亞特蘭提斯大陸真是個好地方。」

「這意見的評分基準實在過於偏頗，但是總之我可以同意。」

十六夜和耀都拿起叉子立刻開動。

耀看著各種菜餚猶豫不決，旁邊的十六夜則是拿起橄欖咬了一口。

（……和克里特島的橄欖一樣嗎？這下可以確定了。）

克里特島有些橄欖樹是樹齡高達三千年的長壽老樹，而這裡的醃漬橄欖看起來和那些樹將近同種。

（接下來就是要查明他們被召喚到箱庭之後已經過了多少時間。看起來飲食文化進步了不少，由此可見大概也有個幾百年吧。）

十六夜抓起一個炸櫛瓜球丟進嘴裡，耀同時清空一個盤子。

這時，注意到十六夜的女性助理祭司——名為菈菈的女性從廚房走了過來。

「你起來了嗎，昨晚真是辛苦了。」

「彼此彼此。這大陸要是沒被選為太陽主權戰爭的舞台，你們的聚落就不會受到襲擊。」

「那也是沒辦法的事情，畢竟亞特蘭提斯大陸——哎呀，我不會再上當了。」

助理祭司菈菈哼了一聲把臉轉開。

她可能是想到之前的失言吧。他們這些亞特蘭提斯大陸的原住民受託擔任遊戲的場控人員，必須時時告誡自己不能講出會讓十六夜獲得優勢的情報。

「白夜王大人命令我們好好招待參賽者，還要感謝你幫忙趕走了昨晚的惡徒，所以今天你們愛吃多少就可以吃多少。」

「真的？那再來一盤。」

耀遞出堆成小山的空盤。

看向長桌，有一半以上的盤子已經被掃空。

「怎……怎麼可能！這裡應該有二十人份啊！」

「嗯，非常好吃。」

「啊……抱歉，麻煩繼續上菜。那傢伙可是收穫祭的大胃王冠軍，你們恐怕要拿出不惜清空糧倉的氣概才行。」

在兩人對話的同時，耀繼續清空盤子。

看樣子關於兩年間發生了什麼事，大概只有十六夜一個人有空說明。

他咬了一口醃漬橄欖，從最近的事情開始按順序講起。

＊

——大約一個小時後。

「……呼，吃了好多東西。非常好吃，感謝招待。」

春日部耀一臉幸福地合起雙掌。

結果，她吃光了三十人份。看到耀一如往常的大胃王表現，十六夜不解地開口說道：

「既然吃了這麼多，妳的發育怎麼沒有再好一點？還有就算是食慾至上也該有點節制吧，再這樣下去遲早會發福。」

「可是十六夜你今天也吃了不少。」

……嗯？十六夜數了數自己清空的盤子。

儘管沒有耀那麼誇張，似乎也輕鬆吃掉了三人份。

「十六夜在男性裡面算是吃得少的吧？這兩年食慾增加了？」

「不……為什麼會這樣呢？應該只是今天突然餓到不行吧。」

十六夜拍著肚子大笑。按照他平常的習慣，說是今天難得胃口好也不算誇大。或許和身體的倦怠感有什麼關係。

菈菈的嘴角雖然不住抽動，還是勉強裝出平靜態度。

「總……總之，你們喜歡最重要。」

「嗯，真的很好吃。沒想到辛香料如此充實，我還以為你們會端出更原始的料理。」

聽到十六夜的挖苦，菈菈有點不太高興。她原本想要反駁，卻又擔心隨便開口可能會不小心洩漏遊戲的提示。

耀舔了舔手指。

「話說回來……又是闖入彌諾陶洛斯的迷宮，又是碰上『天之牡牛』在外面世界大鬧……十六夜你也很辛苦。」

「沒那麼辛苦啦。彌諾陶洛斯是焰他們負責解決，『天之牡牛』後來怎麼樣了我也沒去關心。」

「咦？『天之牡牛』事件在箱庭還滿有名的，十六夜你沒聽說？」

……啥？十六夜一臉不解。

他大概沒想到耀會知道「天之牡牛」事件的始末吧。

不過耀卻皺起眉頭，彷彿覺得十六夜的反應讓她深感遺憾。

「我有寄信告訴你，『No Name』成為東區的『階層支配者』吧？你有認真把信看完嗎？發生那種大事件，『階層支配者』當然會被派去處理。」

「噢，原來如此。也就是說『天之牡牛』後來還繼續鬧事？」

「可不是只有鬧事而已，因為那傢伙就算被打倒也會一直增加。還把面積和大陸差不多大的區域瞬間變成沙漠，最終好像增加到一百倍以上。」

十六夜喝著莅莅送來的茶，驚訝得瞪大雙眼。

他肯定沒有預料到後續會演變成如此嚴重的事件。

「第一個趕到的人是蛟劉先生，他說對方是『把水分解成氫氣和氧氣，藉此無限製造出能量』的怪物，也說乾涸的土地還在繼續沙漠化。」

「我知道，因為那傢伙本來是吉爾伽美什史詩裡的乾旱與飢荒的怪物。」

原本「天之牡牛」是讓大地乾枯，引起七年飢荒的怪物。

這次之所以能靠太陽主權顯現於世，大概是因為這怪物「利用日光曝晒來造成飢荒」的屬性和太陽有著密切的關係。

「和積雨雲一起招來暴風雨的怪物」——這種解釋**並不符合**通常的「天之牡牛」。

細究「天之牡牛」為何能顯現出和傳說完全相反的靈格，其實起因於和某個要素參雜混合的過程和結果。

那個要素就是連神話中的怪物都能夠再現、改良、量產的粒子。

同時具有乙太體（Ether）、星辰體（Astral）、迅子體（Tachyon）等性質的「星辰粒子體（Astral Nano Machine）」和「天之牡牛」重合的結果，產生了超越神話的怪物。

導致物質界風化，促使死之大地展開侵蝕，還可以毫無限制地大量增殖。

以積雨雲和傳出轟鳴雷聲的雷暴這兩種武器來支配天地的模樣——

正可謂神話中的光景。

（看來是我把那傢伙當成一團積雨雲，太小看它了。畢竟只要有水源就能無限增殖，意思是「天之牡牛」其實具備了一旦認真起來就能造成那等災害的力量嗎？）

「天之牡牛」在外界並沒有碰上算得上是敵人的對手，在「Underwood」時也只有試圖追趕精靈列車。

當時的「天之牡牛」並沒有必要拿出真本事戰鬥。

「不用想也知道，蛟劉和『天之牡牛』是最糟的組合。而且他說過不擅長戰鬥以外的恩惠，真虧他有辦法和那傢伙對峙。」

「不，戰況似乎是一面倒。因為等我趕到現場時，他已經被打得體無完膚渾身是血了。」

身為「覆海大聖」的蛟劉以「蛟魔王」之名為眾人所知，是經歷過千山千海的修行，最後獲得操控大海的術法、鋼鐵般的肉體，以及一個「月之主權」的妖仙。

然而這些能力遇上「天之牡牛」時卻討不了好，甚至可以斷言是處於弱勢。

無論是能召來大海的大妖術，能擊穿山河的鋼鐵肉體，還是能操縱月亮圓缺引發超重力的「主辦者權限」，對於呈現氣體狀態，能夠自由使出電解的「天之牡牛」都無法發揮效果。

完全是沒有任何招式可以派上用場的狀態。

蛟劉唯一能做的——就只有以身體為盾，保護其他的無力共同體吧。像他那樣的戰士居然會被打到遍體鱗傷，絕對不是尋常的事態。

「……蛟劉也實在倒楣，他沒事吧？」

「嗯，因為有其他人一起戰鬥。我記得是蛟劉先生的義兄牛魔王，還有自稱世界王的龍少女。」

一聽到牛魔王這名字，十六夜隨即換上極為不爽的表情。

「牛魔王……那個混帳，居然丟下我這邊的架不打，跑去做那麼有趣的事情。」

「？十六夜認識牛魔王先生？」

「還不確定，只能說那傢伙或許是我以前認識的熟人。」

十六夜揮著手催促耀繼續說明，畢竟現在不是討論牛魔王的時候。

耀也微微點頭同意。

「原本蛟劉先生和牛魔王的同伴都一起對抗天之牡牛，但是打到一半，那個叫作世界王的女孩子說——

『太陽神、天空神、地母神的天中地三神一體化，已經完全超出模擬創星圖（Another Cosmology）的容量。而且還被賦予了抗世界屬性（Anti Cosmology），我就算想打也打不成。小倶我還有事，所以要先回去了。』

——說完這些話，她好像就中途帶著牛魔王先生逃走了。」

「這擺明來添亂的傢伙是怎麼回事？」

「可是那女孩好像很強。我後來聽說她擁有星靈級的靈格，說不定和白夜叉與女王同格。」

星靈——居於箱庭頂點的三大最強種之一。

指尖一動就能撕裂次元，甚至打碎世界境界的至高存在。

要是沒有名為「星之主權」的媒介，許多星靈不僅無法存在於箱庭，也無法發揮其力量。

如果那少女真的是星靈，很有可能是以出資者的身分參加太陽主權戰爭。

「所以最後是『天軍（Deva）』派出自稱是天空神化身（Dyaus Avatar）的人和迦陵小姐，再加上我和蛟劉先生，總共四個人一起打倒了『天之牡牛』。」

「哦……意思是扣掉重傷的蛟劉，你們三個人就解決了『天之牡牛』嗎？真是以小勝大，我們家的首領大人實在優秀。」

「嗯哼，我超級努力。」

居然能徹底打倒《吉爾伽美什史詩》中最大的怪物，這可不是尋常的表現。

春日部耀得意地擺出V字勝利手勢。

這兩年以來，成長最多的人或許是這個少女。她以「No Name」領導人的身分妥善處理共同體的大小事，還以「階層支配者」的身分去挑戰各式各樣的考驗。

和魔王的交戰經歷想必和兩年前截然不同。

這下連十六夜也不能再繼續漫不經心。

（不過……因為「星辰粒子體」而產生的「天之牡牛」是「世界之敵」嗎……）

十六夜回想起俄爾甫斯之前說過的話。

「星辰粒子體」應該是一種名為「Astra」的力量，製造目的是為了讓人類能夠逃離最終的滅亡。

然而那樣的「星辰粒子體」卻出現了能毀滅世界的力量，究竟是怎麼一回事？

（擁有 Astra、Aster、Stella 等多重意義，被隱藏起來的星之新武器。那麼這場太陽主權戰爭裡的石碑（stele）是不是也有什麼含義？）

勝利條件要求參賽者必須「追溯赫拉克勒斯的 stele」。

根據剛剛聽到的那些話，十六夜認為絕對不會是毫無關係。

「話說回來，從『天軍』派來的傢伙是何方神聖？」

「對方只說自己是天空神的化身，不過實力強大到讓我吃了一驚。因為他打倒『天之牡牛』

的最後一擊比黑兔的槍還厲害。」

「哦？」十六夜雙眼發亮，似乎對這件事很感興趣。

據他所知，只有一把槍能在火力方面超越黑兔的槍。

那就是武術始祖持斧羅摩召喚出的槍。如果真能超越那一擊，就算對手是「天之牡牛」也能輕鬆給予重創吧。

在旁邊聽著兩人對話的菈菈雙手抱胸，以嚴肅表情輪流看著十六夜和耀。

「……抱歉插嘴請教一下，你們兩位該不會是哪裡的著名英雄吧？」

「啥？」

「我們是英雄？」

「不是嗎？可是聽到兩位提到的魔王和英傑們，實在讓人忍不住心驚膽跳……」

菈菈把手扠到腰上，不解地提出疑問。

十六夜和耀互看一眼，才發現其實正如她所說。

如果從兩人被召喚的三年前開始算起，包括——

星靈阿爾格爾、死神珮絲特、太陽的巨龍、蛟魔王、馬克士威魔王、混世魔王。

還有那個據說曾經橫掃百萬神群，位居魔王頂點的存在——「絕對惡」的魔王阿吉．達卡哈。

這些全都是他們交手過的敵人，而且一路勝利至今。

連之前才碰到的彌諾陶洛斯與「天之牡牛」也可以計算進去，所以在這三年的期間，戰鬥經歷能夠贏過十六夜和耀的英雄恐怕找不出幾個。

「無論是什麼樣的神話英雄，曾經與魔王或等同於魔王的怪物們交手多次的人寥寥無幾——可是你們好像不只對抗過許多魔王，甚至還擁有和魔王攜手戰鬥的經驗吧？」

「是沒錯，但是那些對手並不是全都由我們自己打贏。」

「只不過就算不是專精打架，我對自己的實力還是很有自信，應該不會比一般的參賽者差。」

「果然是這樣嗎，在這種時候能遇見你們或許也是一種緣分。」

菈菈似乎有什麼事想說。

她重新面對兩人，換上認真的表情。

「……抱歉兩位剛吃飽就提這種事，但我希望你們跟我去見一個人。可以占用一點時間嗎？」

「妳不先說對方是誰的話，我們也無法回答。」

「跟遊戲有關？」

「是要商量一下關於這個聚落的事情。可以當作是昨晚擊退暴徒的實力讓人肯定，所以我們需要你們的武勇。」

菈菈露出認真的眼神，低下頭拜託兩人。

不過十六夜和耀看了看彼此，以過意不去的神情搖了搖頭。
「不好意思，我們不是為了遊山玩水才來到這裡。」
「因為我們是參賽者，沒有時間插手和遊戲無關的事情。」
第一戰在亞特蘭提斯大陸上的規定停留期間是兩個星期。
先前已經浪費時間對付黑天與「Ouroboros」，當然不能再把時間花在無益的活動上。
（我還得去和焰討論一下今後的事情。現在的首要之務是以最快速度通過第一戰，之後再來商量對應的辦法。）
「星辰粒子體」的研究和環境控制塔的建設計畫……為了插手那些事情，十六夜希望能在這次的第一戰中讓「Ouroboros」受到重大打擊。
「……是嗎，雖然遺憾但也沒有辦法。」
「對不起。如果妳願意，等主權戰爭結束後就可以幫忙。」
「不，不用了。不需要那麼多人，我也會去找其他參賽者，你們不必擔心。」
——嗯？
這時，十六夜和耀都感到不太對勁。
「……妳說會去找其他**參賽者**，到底是怎麼回事？一定要參賽者才行嗎？」
「這件事和遊戲無關吧？」
「不，不要緊，你們可以繼續努力解謎。」

莁莁以單調的發言和語氣回應，然後回過身子迅速離開。

儘管莁莁的反應很不自然，然而是自己這邊拒絕幫忙，兩人也不好意思再攔住她。

耀不安地咬了一口橄欖，開口詢問十六夜。

「……怎麼辦？剛剛那反應很奇怪吧？」

「嗯，而且莁莁的回應並沒有直接否定她的事和遊戲之間的關係。最重要的是……她說要找其他參賽者幫忙。如果真的和遊戲無關，沒有理由只能找參賽者商量。」

莁莁那邊的事情若是和主權戰爭沒有關聯，根本不需要限定為參賽者，甚至應該在昨天就已經找了頗哩提毗．瑪塔協助。

既然這些原住民受託擔任場控人員，不可能麻煩參賽者去做沒有意義的事情。

「糟了，看樣子我的腦袋還沒清醒。」

「可……可是，我們漏掉了什麼？到此為止都沒有提示吧？」

「妳冷靜點，這種時候再次確認遊戲的勝利條件是最基本的動作。」

十六夜拿出「契約文件」。

耀坐到十六夜旁邊，一起確認文件內容。

「── 太陽主權戰爭　～失落的大陸篇～ ──」

※獲得太陽主權的條件：

①參賽者之間彼此任意轉讓（包括遊戲形式的自由對戰）。

②解開並進行記載於附件大陸地圖上的遊戲。

③**而且必須表現出最符合神魔遊戲的行動，才會被授予太陽主權。**

④（日後追加）。

「……啊……」

兩人同時叫了聲不妙。

「**必須表現出最符合神魔遊戲的行動才會被授予太陽主權**——可惡！原來是這麼回事！」

察覺自己犯下粗心錯誤的十六夜和耀都拍了拍自己的額頭。

所謂的神魔遊戲就是恩賜遊戲的別稱。

而恩賜遊戲是測試武力、智力以及勇氣的考驗。

從異世界被召喚來此的人一定會聽過這段說明，可以說是基本中的基本。

既然條件中提到必須表現出**最符合恩賜遊戲的行動**才會被授予太陽主權，就表示遊戲裡必定事先準備了測試那方面的考驗。

因此，身為助理祭司的莅莅才會特地講出「需要你們的**武勇**」。

「怎……怎麼辦？趕快再去拜託她？」

「沒用。關於莶莶的遊戲，我們恐怕已經失去參賽權。」

看莶莶那種態度，就算再次去詢問詳情，她也不會理睬。如此一來只能找其他人去接近莶莶並強行接受委託，自己等人再跟著一起參與。

「有權利找莶莶詢問，還要擁有武勇的參賽者……焰根本免談。」

「嗯，他根本免談。阿周那和阿斯特里歐斯怎麼樣？」

「他們兩個跟著鈴華行動……而且我有事情要找阿周那問個清楚，不能讓他參加。」

傷腦筋啊……兩個人都做出雙手抱胸的動作。

屬於武鬥派的十六夜和耀同時失去參加資格，行動時恐怕會處處受限。

「……怎……怎麼辦，要是飛鳥在的話就好了。」

「喂喂，大小姐基本上算是脫離『No Name』獨立了。雖然她好像有接受加入聯盟的邀請，但我們還不確定她第一戰能不能提供協助吧？」

「……是那樣沒錯，但是焰和鈴華不也一樣嗎？」

「那些傢伙沒關係，反正他們的目的應該不是獲勝。」

「是嗎？」耀懷疑地歪了歪頭。

不管怎麼樣，人才不足都是不爭的事實。

除了身為主力的飛鳥退出共同體，蕾蒂西亞和克洛亞．巴隆也失蹤很久。至於黑兔則忙著專心擔任裁判，很難算是「No Name」的戰力。

獅鷲獸格利目前還在外界待機。

既然十六夜和耀無法行動，現在只能拜託其他共同體。

「事到如今，乾脆讓赫拉克勒斯……不，那樣我就不能和那些傢伙競爭，還是免談……」

「？如果有誰可以，去拜託一下比較好吧？」

「我才不要，而且總覺得好像把哪個人給忘了。應該還有其他人，我記得至少還有一個可以成為主力的幫手才對——」

這時，他們感覺到背後有人接近。

原來是在十六夜所借用宿舍的對角線最遠處，有個金髮少女對著這邊大喊。

「啊……早安，春日部小姐、十六夜先生，你們兩位起得真早。」

十六夜以突然驚覺的態度看向那個少女。

對了，焰的同伴裡還有這個人。

身為保護「萬聖節女王」的女王騎士，還擅長使用各種武器的戰士。

洗完臉後邊用手帕擦臉邊走向這邊的少女——久藤（Kudou）彩鳥以很過意不去的態度靠近十六夜和耀。

「我聽說昨晚出了事，尤其是十六夜和學長最為辛苦。很抱歉我沒能參加那場艱難的戰鬥，但是今天我會鼓起幹勁——」

「妳來得正好！弟弟的學妹！」

十六夜拎起彩鳥的後領，拔腿往前跑。

耀也幫忙抬起彩鳥的雙腳，一起跟著跑。

這畫面完完全全是綁架。不過情非得已，畢竟事態緊急。

負責尋找參賽者幫忙的原住民或許不只菈菈一個，還必須考慮到參加人數可能會有上限。

因為菈菈說過「不需要那麼多人」。如果這句話是在表示遊戲有人數限制，十六夜這邊說不定連內容都無法打探出來。

然而不知道那些事情又被架住的彩鳥陷入混亂狀態。

「那……那個，請問這是什麼情況？是新敵人前來襲擊？還是我被綁架了？」

「別擔心，我們只是想找妳幫點小忙。結束之後會放妳回到原地，只是想拜託妳做點祕密工作，把身體借給我們而已。」

「這些話怎麼聽都讓人覺得很不安啊！」

向來我行我素的耀講得理直氣壯。

腳力強健的兩人開始製造出轟隆地鳴聲，在聚落裡到處移動。

這個光景宛如路上出現了亂竄的瘋馬或瘋牛。

剛醒來的家畜急忙回到棚舍，正在顧著爐火的廚師嚇得腿軟倒下。

十六夜和耀來到聚落入口，發現菈菈正在和一位綁著馬尾的女性交談。

「不妙……！我們要強行介入，耀！」

「咦？……啊……嗯！」

聽到十六夜突然用名字稱呼自己讓耀愣了一下，不過她隨即回神並做出回應。

在這種分秒必爭的狀況下，他們該做的事情只有一個。

十六夜和耀靠著巧妙的默契來理解對方的意圖，彩鳥則是因為最近總是遭到玩弄而猜出接下來的發展，不由得臉色發青。

至於菈菈正在對馬尾女性提起先前和十六夜他們說過的事情，完全沒察覺兩名問題兒童即將做出的古怪行徑。

「——就是這樣，能不能仰仗妳的武勇呢？」

「可以是可以，但是能請妳稍等半小時嗎？因為我無論如何都要找到幾個少年少女並且告訴他們一些事情。」

「哦哦！真是得救了！明天才要開始，今天請自由在聚落裡休息，消除疲勞吧。」

「知道了。話說回來，我也有件事想請教……這聚落附近有沒有出現一個金髮碧眼，胸部發育顯然不符年齡的少女——」

「妳們先別談妥啊啊啊啊啊！」

隨著大叫聲，一個金髮碧眼且胸部發育顯然不符年齡的少女被丟了出來。

不知道發生什麼事的馬尾女性才剛抬起頭——

她的臉就被彩鳥的胸部直接擊中，不但脖子受到重創，整個人也被撞飛到聚落之外。

「——這下麻煩了。」黑天坐在森林的的湖畔低聲自語。

他原本就認為詩人俄爾甫斯不久之後有可能叛離，但沒想到對方這麼快行動。

俄爾甫斯扛著足以讓他無法背叛「Ouroboros」的理由。

（……只有「Ouroboros」能治好俄爾甫斯妻子的病，他竟然不顧這個事實對我拔刀相向，實在出乎我的意料。）

俄爾甫斯以愛妻英雄的形象為世人所熟知。如果他希望深愛的妻子能夠得救，聽說絕對少不了「Ouroboros」裡某位偉人的力量。

所以俄爾甫斯的背叛不可能是基於突發性的理由。

或許在這次事件成為引爆點之前，他早就持續暗中準備。

（亞特蘭提斯大陸在箱庭裡處於和外界隔絕的位置。真要說起來，被整個召喚到箱庭的這片大陸其實可以算是在世界與世界的狹縫之間飄蕩。）

箱庭世界是所謂的「第三點觀測宇宙」。

雖然這個世界聚集了諸多修羅神佛，整片大陸都被召喚過來的例子卻極為罕見。

因為行星一旦失去大陸等級的質量，會引發無法估計的影響。

過去召喚出這種質量的例子，大概只有魔王阿爾格爾製造的異種敵人發動侵略那次，以及虛構星靈「太歲」造成的七星墜落事件。

（雖然想聯絡外部……不過現在的我沒有權利那樣做。再加上連一個粒子體的實驗體都沒能收回更是讓狀況雪上加霜，心裡實在愧疚。）

黑天臉上的表情真的非常沉痛。

現在想殺死白化症少女並回收屍體已經極難成功。

若是對手只有逆廻十六夜和赫拉克勒斯，黑天具備足以對付他們的力量。

然而只有昨晚交戰過的敵人——宿於西鄉焰體內的魔王另當別論。

（魔王阿吉・達卡哈……真沒想到西鄉焰居然是那個魔王的化身。就算擁有黑天之眼，我也沒能看穿這個事實。）

「人類最終考驗（Last Embryo）」——橫行於箱庭各地，最大最強的「弒神者」的異名。據說那些靈格和人類滅亡有直接關聯的魔王們橫掃了百萬的神群，在這個諸神的箱庭裡成為最受人們畏懼的存在而惡名遠播。

「絕對惡」的魔王阿吉・達卡哈在三年前被逆廻十六夜討伐，因此在檯面上活動的「人類最終考驗」應該全都被打倒了。

（西鄉焰……要是他繼續推進粒子體的研究，確實極有可能成為「世界之敵」。可以想見一旦知道必須耗費多少生命才能讓人類存續，自身研究計畫犯下的深重罪業必定會讓他感到絕望。）

對黑天來說，這事態雖然出乎意料卻不是完全無法推測，所以他才會對自身的不成熟如此氣憤。既然逆迴十六夜已經朝著終局前進，必須盡早把西鄉焰處理掉才行。

然而有魔王阿吉・達卡哈的守護，這件事恐怕難以辦到。

（……不能失去逆迴十六夜。他和迦爾吉一樣是原典（Origin）候補者，最重要的是還會失去能研究粒子體的人才。）

不能失去原典候補者。就算過去和逆迴十六夜互相敵對，如今他的存在卻比任何東西都稀有，甚至可以說是無可取代的人才。

（和西鄉焰的衝突無法避免。換句話說，無論如何都必須與魔王阿吉・達卡哈交戰……果然只能由我來打倒他嗎？）

如果他連「人類最終考驗」這立場都不再保有，很可能無法使用「阿維斯陀」。

一旦無法使用「阿維斯陀」，即使是現在的黑天，想來也有十足的勝算。

（接下來……只要阿周那願意接受……）

「……黑天？你在嗎？」

黑天猛然抬起頭。

他壓下先前的殺氣，換上笑容。

「原來你醒了啊，阿周那。看你睡得很沉，所以我沒注意到。」

「是嗎……我睡著了啊……」

「嗯，睡得很安穩。作了什麼好夢嗎？」

黑天的語調非常柔和，和接近十六夜與焰他們時完全不同。如果什麼都不知道，肯定不會有人懷疑這名青年的慈愛態度有什麼問題。

意識依然不太清醒的阿周那喃喃回答。

「夢……對，我作了一個夢。夢見了很久以前……俱盧之野(Kurukshetra)那場戰爭前的幸福日子……和哥哥們、弟弟們、家人們以及心愛的妻子一起生活的那些日子。」

「────」

俱盧之野的大戰──是印度神群的史詩《摩訶婆羅多》中講述的一段故事，也是史上最大規模的**人類之間**的戰爭。

同時，這場戰爭還成為阿周那在後世被描述為印度神群最強戰士的原因。他在這場戰爭中打敗了眾多英雄，聲名因此大噪。

身為英雄，原本這應該是比任何人都感到自豪的功績……

然而半夢半醒的阿周那卻流下淚水。

「大家……大家都死了……敬愛的老師，憧憬的祖父，還有……血脈相連的兄長……全都被我殺了。」

「————」

「我……沒能避免戰爭發生。直至今日，我仍舊為此感到悔恨。就算戰爭結束後被稱為最強的戰士階級（剎帝利），但是那種稱號又有多少價值？自己在那場以血洗血的戰爭中殺死最多人的事實，要如何才能引以為榮地拿來誇耀？」

壓抑但深沉的慟哭聲響起。

——「與其和至親的人們兵戎相見，我寧可捨棄王族的地位」。

遠在人類開始使用西曆之前，有一個男子如此悲嘆。

《摩訶婆羅多》裡有一段提到，加入戰事前的阿周那曾經厭棄過戰爭……也就是和那部著名的聖典《神之歌》（薄伽梵譚）有關的故事。

受到許多人敬奉的這部聖典甚至被稱為東方的聖經，內容也提及了阿周那對戰爭的猶豫與掙扎。

「我很清楚《神之歌》在人類歷史中有多麼重要，也知道有些人是因為《神之歌》才能得救。毫無疑問，我本身也是其中之一。正因為有《神之歌》，人才能對人的命運有所自覺，並學習達成自身使命的重要性。如果你沒有對我講述《神之歌》，我只會是一個膽怯又卑鄙的人。」

「……阿周那。」

作為王族，作為戰士，背棄自己被賦予的責任是一種侮辱自身與他人生命的行為。即使換成印度神群以外，這一點也不會改變。

既然生為王族，優渥生活的代價是必須和國家共興共亡。

既然生為戰士，優良學習環境的代價是不能逃避戰爭。

既然生於階級社會，確實履行被賦予的責任是作為一個人該盡的義務。

「我履行了作為戰士的義務，打贏戰爭。為了獲勝，我奪走無數生命，踐踏許多誓言，也藉此守住了一族的未來……但是，我還是不由自主地會去思考。思考自己作為王族，真的沒有能夠避免戰爭發生的未來嗎？」

戰爭——把這種行為本身視為正義的時代恐怕並不存在。

然而在公元前，這行星上到處都有諸多國家或民族各自割據一方。

不用說，那是無法斷言戰爭即為惡行的時代。更何況一個人若生為戰士，處於必須保護民族的立場，厭棄戰爭完全是不被允許的行為。

《神之歌》是阿周那有意放棄這種責任時，黑天用以勸戒他的聖典——也是讓阿周那扛起艱辛命運的聖典。

「……阿周那，《神之歌》絕非是在踐踏你希望避免戰爭的心情，我也不會原諒任何一個辱罵你是『違約英雄』的傢伙。」

「但是……我身為卑劣小人的事實仍舊不會改變。」

「不，不是那樣。無論何時何世，戰爭都是地獄。敗者的財產會被奪走，家人會成為奴隸，婦女和小孩會受到男人的暴行，這就是戰爭。」

要消滅其他民族的方法並非只有把人殺光這一種。

遭到侵略的民族被吞併時，最先成為犧牲者的往往是女性和小孩。

少年們會被當成奴隸，受到深入骨子裡的洗腦；女性會被侵犯，以根絕民族的純血性；男性則是會被迫去勢絕後，然後成為勞動力被摧殘至死。

所謂在公元前的戰爭裡落敗，就是這麼一回事。

「什麼違約的英雄，只不過是一些不明白我們時代的侵略戰爭究竟多麼慘烈的傢伙才會講出的鬼話。當初的敵人是一直無法忘記幼時的憎恨，最後甚至因私心而發起戰爭的愚王難敵（Duryodhana），也是長期使用卑劣手段把你們兄弟逼上絕路的男人。要是在那場戰爭中落敗，你的妻子和孫子必定會慘遭殺害。」

「…………」

「阿周那，但是你不一樣。你親切地接納仇人難敵的親人，連他的父母也願意溫暖擁抱。你斬斷了從幼時開始的怨恨鎖鏈——而且，讓戰爭結束。」

讓戰爭結束。

沒錯，阿周那他們**讓戰爭劃下句點**。

靠著用自己的五臟六腑來強行抑制住憎恨。

阿周那他們讓熊熊燃燒的憎惡，怨恨的連鎖，還有這場一路直衝向末世，宛如地獄的戰爭都終於結束。

戰鬥，戰鬥，再戰鬥。人生總是為了他人奮戰的溫柔英雄在失去太多東西，多到連他自身都不確定究竟失去了什麼之後，引導戰爭走向終結。

如果後代的人把這個就算身心都受到重創，卻還想繼續守護重要人事物的英雄稱為違約的英雄，實在是世上最可悲的事情。

「受到所有印度神群鍾愛的英雄阿周那，你是擁抱星辰之人，神王夢想之人。譴責你錯處的傢伙都是一些不會反躬自責的愚者。你不需要為了那種小人而擔憂，也沒必要把心思分到那種事情上。所以，請放寬心安穩入睡吧。」

你的奮戰絕對沒有錯。

黑天以強而有力的聲調肯定阿周那。

即使如此，昏昏沉沉逐漸落入夢鄉的阿周那最後還是流下一滴淚水。

「就算是那樣……我還是……很想阻止戰爭。」

「──……」

這是他藏在內心深處，過去從沒能透露給任何人的慟哭。阿周那想要的並不是英雄的名譽，而是和家人伙伴一起度過的安穩生活。

直到現在，指責違約英雄還裝什麼傻的批評依舊壓迫著阿周那的心。

在他心裡，俱盧之戰還沒有結束。

（阿周那……快了，不消多久，所有的爭戰都會做出了結。在迦爾吉覺醒，新時代來臨之際，我們的使命就能夠結束。）

戰鬥、戰鬥、戰鬥……不斷戰鬥。

失去的事物也已經多到連自己都搞不清楚到底失去了什麼。

不曾獲得任何東西，甚至連人生是否有意義都難有定論。

只能確定——若是在這裡停下腳步，一切都會化為泡影。

就算要使用在箱庭裡被視為禁忌的力量，還是無論如何都絕對要達成。

（……行動吧。目標是魔王魔王阿吉．達卡哈，是夠格的對手。）

——黑風吹起。

當這陣風消散時，黑天的身影也從森林中消失。

那麼——十六夜和耀開始大啖早餐的三小時前。

＊

——精靈列車，水晶廳。

在瀰漫著紫煙的酒吧型休息室中心，有一顆浮在半空中的巨大水晶球。

這顆水晶球大概是出資者們為了觀看參賽者們在太陽主權戰爭中的狀況而準備的東西。雖說紫煙導致休息室裡的視野根本看不了多遠，卻只有水晶球周圍從任何位子都可以把影像看得一清二楚。

這裡想必是透過調整紫煙，讓同在室內的出資者們無法看清彼此的臉孔。畢竟有許多出資者之間的關係是一旦見面就必須戰個你死我活。

這些人之所以願意安分待著，當然有其理由。

由於太陽主權戰爭被諸神與星靈們作為代理戰爭的性質特別顯著，參賽者們之間的戰鬥可說是較量諸神品級的競爭。

出資者若是在精靈列車內起了衝突，等於是放棄這場代理戰爭。

沒有任何人想鬧出因為場外糾紛而失去資格的醜事，所以他們才會擺出這種乖乖旁觀參賽者動向的態度。

其中占據觀眾席最前列的女性——上一屆優勝者的白夜王讓呈現蘿莉外表的黑兔幫忙斟酒，臉上掛著笑容。

「呵呵呵，看來所有共同體都一口氣開始行動了，黑兔。」

「YES！我等『No Name』也會從這裡開始反擊！可不能輸給飛鳥小姐和其他共同體！」

嗯哼！黑兔顯得很激動。

「『No Name』人手嚴重不足的狀況依然持續，不過還是要看十六夜先生與耀小姐如何應對。人家相信他們一定會選擇最妥善的方法！」

「嗯，數量確實是力量，但是並非只有數量能夠成為力量。而是要靠著勇氣、彼此的情誼和本人的資質等各式各樣的要素相互結合之後，才能逐步接近勝利。和某個就是一副魔王樣，只知道依靠數量並投入大量參賽者的傢伙可不一樣。」

白夜王攤開扇子，瞪了坐在旁邊的女性一眼。

旁邊那位正在優雅喝著紅茶的女性——黃金女王「萬聖節女王」甩了一下美麗的金髮，似乎有點不高興地回看白夜王。

「……什麼？妳想說我只會靠人海戰術嗎？」

「我可沒那樣說。可是毫無疑問，在這次的主權戰爭中投入最多參賽者的人是妳吧？妳是不是有點過度濫用掌管群星境界和世界境界的力量？」

白夜王並非單指彩鳥和焰他們的共同體。在此透露一個祕密，其實「萬聖節女王」另外派出了許多參賽者。

掌管世界境界的女王沒有無法召喚的對象。這就是女王雖然身為三位數，卻被視為和二位數的白夜王是對等存在的唯一理由。

在「召喚」這個概念上，女王不會受到任何限制。

即使是超出自身極限的怪物也可以無限制地召喚出來，因此女王在動員參賽者時自然沒有必要吝嗇。

講到派出去的人員誰有機會奪勝，彩鳥和焰他們只不過被當成三軍。包括「Avalon」的倖存者在內，女王旗下的共同體在其他舞台也一步步地往前推進。

女王露出滿心不悅的表情，把頭髮往上撥了撥。

「那樣做在主權戰爭的規則上沒有問題，我沒有必要聽妳說三道四。」

「是沒錯，不過這次的太陽主權戰爭是決定箱庭未來趨勢的重要儀式。試圖用人海戰術來達成目的的戰法是不是有點欠缺精彩？」

「白……白夜叉大人，您何必這樣話中帶刺……」

黑兔慌慌張張地勸阻白夜王。

白夜王和女王從上一屆太陽主權戰爭開始就互為仇敵。

正如前面的說明，休息室裡原本已經安排觀眾席之間會瀰漫著遮擋視線的紫煙，避免仇敵意外相見。

然而女王卻像是沒把那種事放在心上，帶著隨從斯卡哈闖進了白夜王的觀眾席。居然硬是要找仇敵打交道，實在是讓人困擾的女王。

站在白夜王的立場，自己的領域遭人擅闖當然會感到不是滋味。

「……不過也對，我可以認同並非只有數量能成為力量。」

「哦？妳難得這麼老實服軟。」

「因為是事實。不能完全重量不重質，也不能完全重質不重量，畢竟這次是我們這些出資者以高階存在的立場來較量品級的競爭……對吧，斯卡哈？」

「您說的一點都沒錯。身為出資者，應該讓自己偏袒的參賽者和共同體以萬全的狀態出發，那樣才算是能夠顯耀自身品級的行動。」

倒著紅茶的斯卡哈也贊同女王的言論。

這時，她以突然想到什麼的態度看向白夜王。

「……不過，很奇怪呢。好像有一個出資者讓自己偏袒的共同體只有兩個人參賽喔？」

女王和斯卡哈一搭一唱，臉上都掛著別有含意的微笑。

察覺自己處於劣勢的白夜王預測到接下來的發展，故意看著其他地方裝蒜。

然而她們兩人並沒有就此放過白夜王。

「我說……白夜叉，雖然妳認為利用人海戰術是粗野的做法……但是基本上，幫忙湊齊最低限度的人數以減低參賽者戰鬥時的負擔，不是出資者理當提供的支援嗎？」

「嗚……那……那是……」

「十六夜小弟他們真是辛苦啊。居然得靠少少兩個人去挑戰太陽主權戰爭，聽起來實在可憐。就算您採取放任主義，再多支援一點應該也好吧？」

不只女王，斯卡哈也以半玩笑半認真的態度開口指責白夜王。

「No Name」面臨極為嚴重的人才不足問題。

其實對斯卡哈來說，「No Name」並不是和自己完全無關的共同體。所以只要提出請求，她大概至少會願意暗中出手幫忙。

這時黑兔張開雙手，擋在被逼得無話可說的白夜王前方。

「請等一下！白夜叉大人絕對沒有把『No Name』丟著不管！她已經準備好提供支援！」

「喔……哦哦？沒……沒錯！妳再多反駁幾句，黑兔！」

即使完全沒有印象，白夜王還是順勢贊同黑兔的掩護射擊。

不過她的內心卻是充滿懷疑又猛冒冷汗。因為在這次的太陽主權戰爭中，「白夜王提議要給予支援」的事實應該並不存在。

對於第一次聽到的這個消息，女王也露出很感興趣的表情。

「……哦？居然改變方針，真不像是妳的作風。」

「唔……嗯……既然『人類最終考驗』已被打倒，箱庭也會恢復原本的活動吧。恢復成參雜了外界文化之前的樣子。既然那樣的時代即將到來，我認為自己或許該稍微積極一點。」

「就是這樣！白夜叉大人總是以深思熟慮的態度來處事！所以不可能忘記答應人家的承諾！」

「……話……話說回來，黑兔。」

「在？」

「我答應妳什麼事情？不，我只是一時失憶，絕對不是真的把這件事給忘了！只是現在突然想不起來而已！」

雖然黑兔振振有辭，白夜王卻一點印象都沒有。

說來慚愧，她確實採取放任主義。

因為白夜王一旦真正出手幫忙，無論是什麼樣的共同體都有機會成為奪冠熱門。

身為星靈——而且位處最高階的「宇宙真理（Brahman）」領域，不該過度干涉人世。

……就算發生再怎麼悽慘的事件也一樣。

白夜王很清楚，最強種要是插手和箱庭之外密切相關的事件，將會引發更大的悲劇。

（唔唔唔……我向來堅守不干涉參賽者的原則，難道是在哪場宴會上喝醉了之後才做出的承諾？）

那種事情很有可能發生。

萬一真是那樣，白夜王必須向黑兔道歉。

女王看穿白夜王心中的焦慮，換上不懷好意的笑容。

「……妳該不會是真的忘了吧？」

「絕……絕對不是！真的！只是現在！在這裡！稍微想不起來而已！」

「沒錯！白夜叉大人不可能會忘記如此重要的契約！證據就是……請看這份『契約文件』！」

黑兔拿出一張發光的羊皮紙，上面刻有雙女神的旗幟。

看到這種正式文件登場，白夜王更加慌張。

「請看，這裡寫得清清楚楚！『在第二次太陽主權戰爭中將借用黑兔擔任裁判，代價是必須負起義務，從「Thousand Eyes」派出一名以上的人才』！」

「妳說什麼！」

「哎呀……」

白夜王忍不住大叫出聲，根本忘了繼續掩飾。女王也露出少見的驚訝表情。

雖說白夜王很容易給人一種整天都在吃喝玩樂的印象，不過她擁有完美達成「階層支配者」職務的實績。

退任之後已經過了三年，然而並沒有人指責這段空窗期造成的影響。這次負責舉辦太陽主權戰爭，到目前為止也進行得很順利。

她從黑兔手上搶走「契約文件」，再度確認內容。

看完之後，白夜王臉色發白。

（糟……糟了……！話說起來，我確實答應過把黑兔借來當裁判後，會負責填補「No Name」的戰力損失……！）

換句話說。

這件事其實很單純。

白夜王把自己和黑兔的約定給整個忘到九霄雲外去了。

她以「意外優秀又擅長社交的星靈」形象聞名於世，以前從來沒出過這樣的大烏龍。

「那個……白夜叉大人？」

「啊……不，我並不是忘了！準備是有準備！只是現在狀況有點不太好，或者該說我想稍微離開一下……！」

白夜王一邊語無倫次地回答，同時立刻在腦中列出可能的人選。問題是別看黑兔這副樣子，她其實是武、智、勇三者兼備的「箱庭貴族」。

根本不可能馬上找到人填補她的空缺。

白夜王培育的手下人才已經安排好要作為主辦人員參加主權戰爭，其他應該願意扛下這任務的熟人也都參戰了。

例如赫拉克勒斯就是白夜王主動去問他願不願意以主辦者身分參加，因此現在根本想不到上得了檯面的英雄英傑。

就在白夜王滿心混亂不知道究竟該怎麼辦才好時……

有兩個人影揮開紫煙來到觀眾席。

「妳好啊，白夜王。要叨擾一下了。」

「失禮。」

出現的人是帝釋天——更正，御門釋天。

另一人則是把長長黑髮綁成單馬尾的女性，也就是上杉女士。

看到主神突然出現，黑兔慌慌張張地豎直兔耳行了一禮。

「釋……釋天大人和上杉大人！兩位為什麼會來這裡？」

「有點事情想商量。白夜王，可否占用一點時間？」

「喔……喔喔！當然可以！這時機真是太棒太精準了！其實我正在等你來！」

……嗯？帝釋天和上杉女士都不解地歪了歪腦袋。

帝釋天還在因為白夜王答應得如此爽快而感到驚訝，白夜王卻以不容許兩人反駁的氣勢抓住他們的衣領。

「我回來就會答覆先前那件事！你們三個人都在這裡等一會兒！尤其是黑兔，妳可以好好期待！」

「啊……是！人家會翹著兔耳盼望！」

玩具被搶走的女王和斯卡哈帶著不滿表情目送白夜王離開。

黑兔好像還有什麼話想說，最後還是勉強忍住。

白夜王一邊受到罪惡感苛責，同時帶著帝釋天和上杉女士離開觀眾席。

＊

被白夜王拉著袖子匆匆忙忙帶到另一個房間後，帝釋天和上杉女士兩人喝了口由兩腳步行提燈送上來的茶水，這才開口詢問先前的行動。

「……白夜王，妳是闖了什麼禍？」

「啊……嗯，我可以猜到你為什麼來，不過希望你先聽我說，這件事十萬火急。」

逼不得已，現在只能棄車保帥。

把借用黑兔這件事提出來商量後，帝釋天的笑容就像是覺得這一切也太誇張。

雖然他平常都裝成沒用大叔的模樣，然而換上嚴肅表情時，其實是個相當認真的神明大人。

白夜王的失誤就是如此罕見，讓帝釋天的認真模式也忍不住鬆懈下來。

「哎呀……白夜王，這下妳可是久違地出了個大糗。沒想到妳這等人物也會忘記『契約文件』的內容，黑兔知道後肯定會非常失望。」

「咕……咕唔唔……不甘心歸不甘心，但我無話可反駁！總……總之，我都不顧面子地找你商量了。你那邊如果方便，有沒有多出來的人才？越優秀的人才越好！」

「這個嘛……」帝釋天摸著下巴思考。

讓白夜王欠下人情債的機會可沒有那麼容易出現。要是自己把人才借給她，不僅能讓焰那邊的欠債一筆勾銷，其他方面大概也可以通融一下。

（話是這麼說，我這邊也一樣人手不足啊。雖然安排了好幾個人在外界待機，不過叫他們回來也需要時間。）

經過昨晚，西鄉焰和十六夜應該會開始插手外界發生的事件。到了那時，他們將會需要能在外界聽從指示行動的人手。

（……只要解開大父神宣言之謎，那兩人肯定可以察覺箱庭世界與外界的關係，還有其他平行世界的理想狀態。也就是說，不能放棄由日天他們在外界進行的準備。）

帝釋天之所以在外界經營自由仲介人公司，自然有其理由。

那個理由就是為了在那對兄弟某天挑戰世界危機之際，可以讓護法神十二天化為他們的左右手行動。

十六夜在外界消失五年，考量到原本應有的正史，或許已經慢了兩步甚至三步。因此釋天公司裡的神靈與神之化身（Avatar）的工作，就是要負責填補這些落後。

……更何況，那對兄弟選擇了最艱險的道路。

為了**真正**戰勝人類最終考驗，想必需要各種世界規模的後援。

「可是啊……護法神十二天中的日天、風天和羅剎天已經潛入世界衛生組織。我們這邊也一樣缺少人手。」

「日天和風天？是阿周那的兄弟嗎？」

「嗯。」

「可是……你派出那兩個人？我記得你原本打算讓他們和赫拉克勒斯一樣偽裝成參賽者，再以主辦人員的身分在太陽主權戰爭的遊戲中興風作浪吧？」

白夜王似乎很不解地歪了歪腦袋。

這是只有告知主辦者和一部分出資者的情報，和赫拉克勒斯一起登上亞特蘭提斯大陸的「阿爾戈船隊」其實是主辦者們創立的假共同體。

目前，希臘神話裡記載的「阿爾戈號（Argo）」的正式持有者是白夜王。

……儘管這幾百年來實際使用的例子只有胡鬧時召喚過一次，不過持有者姑且還是白夜王沒錯。

由於被作為太陽主權崇奉而獲得渡過星空之力的「阿爾戈號」，這次連同赫拉克勒斯保有的太陽主權一起回到了白夜王手上。

明明沒有參賽卻又多了一個太陽主權讓白夜王一時不知該如何是好，然而事已至此也沒有其他辦法。而且就算敵人是自稱「Ouroboros」的魔王們，只要對方身為出場的參賽者，就無法在太陽主權戰爭中對他們出手。畢竟無論再怎麼說，目的都是要公平競爭。

所以除了赫拉克勒斯，主辦者方還派出了其他的刺客。

以「Sanat Kumāra」這共同體名號登記參賽的人們也是原本並不存在的共同體之一。

或者可以說是過去曾經存在的共同體。

以前是「天軍(Deva)」下屬組織的「阿爾戈號」和「Sanat Kumāra」等共同體都在反烏托邦(Dystopia)戰爭中幾乎毀滅。

因此這次借用了這些名號來作為煙霧彈。

「我本來安排了日天和風天參賽，可是之前不是發生『天之牡牛』事件嗎？有個化身幫忙出面處理那玩意兒。所以為了對『Ouroboros』和其他共同體來個出其不意，我決定麻煩那個化身幫忙。」

帝釋天曾經在彌諾陶洛斯的迷宮裡和阿周那交手。

那時阿周那表現出事先就知道自己兄弟會出場的態度。

但是，他不可能有辦法事前查明主辦者方的共同體「Sanat Kumāra」有哪些成員。

換句話說——情報已經外洩。

帝釋天身為被託付「天軍」之人，立刻做出對應是理所當然的行動。

「……唔，你明知自己兒子的心願，還做出這種人事調動嗎？」

「**那件事**和**這件事**是兩回事。要是在目前的狀態下讓他們再次交手，對雙方都沒有好處。直到阿周那本身正確體認到他究竟是為何憤怒為何悲傷之前，我絕對不會允許他和日天——迦爾納碰面。」

帝釋天不是作為父親，而是以神王的身分如此宣言。

迦爾納就是阿周那以前提過的異父兄弟。

關於帝釋天之子阿周那和太陽神之子迦爾納的決鬥，詳情就如同黑兔三年前和春日部耀說過的內容。

阿周那內心有一份後悔，導致他在歷經漫長歲月後，至今仍舊感到悔恨。然而，他卻丟失了那份後悔的本質。所以神王希望這個比任何人都溫柔也比任何人都勇敢的戰士可以再度回想起……當初他自己在決鬥結束後流下的淚水究竟具備什麼意義。

「我之所以召來天空神的化身，有一部分也是為了在那兩人萬一發生戰鬥時，可以成為抑止的力量。如果是那男人……那個過去曾被稱為印度神群最強的勇士，想必能夠避免他們的無謂衝突。」

帝釋天並不是想要求他們不准決鬥。

而是無法放下過去因緣的決鬥只會助長仇怨。如果想要賭上生命戰鬥，必須先找出在現在這個瞬間，這個時代戰鬥的理由。

（而且對迦爾納來說……比起阿周那，他大概更加在意和自己老師持斧羅摩之間的因緣。若要說到至今仍舊感到悔恨的行為，其實他們雙方都各有理由。）

帝釋天並非完全沒有計謀和策略。

然而身為神王，有義務要主動避免無用的怨恨之火燃起。

因為他再也不想引發——遙遠過往曾經目睹過的……那場憎恨和憎恨層層堆疊熊熊燃燒的戰爭。

白夜王望著釋天現在的表情，不由得拉起嘴角。

「……是嗎，既然曾經被稱為最強軍神的你都這麼說了，我也無需再多言。」

生為最接近人類的神靈，因陀羅經歷過多如繁星的稱讚以及不計其數的失敗，才成為現在的他。他是一個會像人類那樣犯錯，也會像人類那樣成長的神靈。

既然這個神王已經開始為了消除戰爭火種而認真行動，想來不需要再擔心任何事情。

「不過呢——你那邊有你的事，我這邊有我的事！我們回到正題吧！你有沒有能代替黑兔的參賽者？我只能拜託你了！」

「話是這麼說……不然舉個例吧，妳想要什麼樣的人才？」

「這還用問，當然是那種外貌端麗又堅韌不屈，俏皮可愛而且越玩弄就越有風情，會讓人想附三餐項圈飼養起來的性感女孩……」

「妳少得寸進尺！要是有那種人才，我早就自己養了！」

兩個糟糕神的叫聲在室內迴響。

基本上，黑兔的種族「月兔」是把帝釋天個人興趣喜好全都灌注進去的玩賞用種族。嗜好相近的這兩人當然不可能發揮出互相禮讓的精神。

「咕唔唔……拜……拜託！我都這樣求你了！我實在捨不得看到黑兔傷心！而且要是一切順利，她就會開心稱讚我：『不愧是白夜叉大人！』，對我的好感也會提昇！」

「就說妳這傢伙太忠於慾望了！」

「拜託嘛！算我求你！只要一次……一次就好了！」

白夜王變成小孩子模樣，跪下來磕頭懇求。

釋天心中充滿很想吐嘈白夜王到底把最強種的尊嚴丟哪裡去了的衝動，然而看到小女孩對自己磕頭還是會產生罪惡感，這個手法實在非常卑鄙。

他尷尬地抓了抓腦袋，這時——

一直待在後面旁觀的上杉女士舉起手發言：

「白夜叉大人，如果您能接受，由我去臨時協助『No Name』如何？」

「妳嗎？」

「是的。雖然我大概無法用可愛形容，不過對自身實力頗有自信。況且如果能以十二天末席的身分參加主權戰爭，可說是無上的光榮。」

上杉女士甩著黑髮露出笑容。

這突如其來的提議讓白夜王相當驚訝。

她見過其他化身，不過應該是第一次和上杉女士見面。

十二天當中最年輕的上杉女士——毘沙門天的化身上杉謙信和其他化身相比，出身於歷史比較沒那麼悠久的時代。

當時是日本戰國時代中聚集了最多優秀武將的群雄割據時期，上杉謙信則是馳騁過近百戰場的最強武將。

據說人生大部分時間都在戰場上度過的她被後世稱為「軍神」。

「您覺得怎麼樣？我雖是後生小輩，但也是被授予神格之人，有信心能符合您的期待。」

上杉女士端正姿勢，把手放在胸前。

白夜王已經看慣美少女，身邊卻沒有這種毅然風格的美麗女性。她舉起手搭在下巴上，把上杉女士從頭到腳仔仔細細地端詳了一遍。

「嗯……有實力，有成績，也有幹勁。」

「雖說不是可愛型，不過容貌保證在水準以上。」

「嗯。一頭亮麗柔順看來有細心保養的黑髮當然無可挑剔，穿著套裝也能明確看出的雙峰無論形狀或尺寸都很出色，從肚臍到腰部再往下到臀部的凹凸線條也讓人難以割捨。這年頭正是像這樣的毅然型女孩會讓人很想提供附三餐項圈的生活……」

「我可以理解妳的心情，但妳也給我自制一點。」

釋天先表示贊同再勸導白夜王冷靜下來。

接著他重重嘆了口氣，轉身面對上杉女士，以略顯嚴肅的表情看著她。

「……上杉，妳還不曾以十二天的身分單獨扛起使命。所以實際上，這次會是妳的第一次單獨行動，真的可以嗎？」

「您不需要擔心，我是為了達成自己的義務才會接下化身應負的職責。只要認為這任務就是在保護十六夜和焰，那麼到頭來，其實和在外界的工作也沒有太大差別吧？」

上杉女士以手扠腰，臉上掛著無畏的笑容。

雖然用詞比較禮貌，動作舉止卻和平常無異。

釋天猶豫了一下，最後還是把視線投向遠方，喃喃說道：

「……好吧，上杉妳也越來越像是人類了，過度保護不是好事。」

「喂喂，等一下，應該說是『越來越像是神靈』才對吧？」

上杉女士反射性地以慣用口氣反駁，這也無可厚非。

雖然以毘沙門天化身的身分獲得使命，不過她原本就擁有作為普通人類度過完整一生的實績。結果卻被說是「越來越像是人類」，當然會感到無法接受。

然而釋天只是帶著苦笑搖了搖頭。

「我說的『越來越像是人類』其實也包含了那一層意思……算了，亞特蘭提斯大陸那邊的事情就全部交由妳處理吧。那麼首先，這封信也要託付給妳。」

信？上杉女士歪了歪頭。

白夜王也不解地側著腦袋。

「這封蠟我沒看過，是哪個共同體？」

「是久遠飛鳥創立的新興共同體——信上提到關於那個自稱黑天的傢伙，有『Ouroboros』內部提供的情報。」

「什麼……！」

「而且根據那些情報進行調查後，那傢伙甚至不是正式的參賽者。所以能夠將其視為魔王聯盟並給予制裁。」「制……制裁？制裁黑天嗎？」

上杉女士非常驚訝。只要知道黑天有多麼偉大，這個反應可以說是理所當然。

不過釋天卻緩緩搖頭。

「正確來說，那是自稱黑天的假貨。」

「假……假貨？」

「嗯。我也一直很在意那傢伙……妳放心，我同樣可以保證那傢伙不是黑天。」

白夜王打開扇子，用指尖夾出之前的黑影人偶。

「我認為那個黑色怪物是何方神聖的謎團反而更加重要……只不過是看了一眼，我就能明白那玩意兒是非常棘手的東西。明明那怪物擁有近乎『人類最終考驗』的力量，屬性方面卻完全不同。而且竟然可以附身在那個赫拉克勒斯身上並操縱他……無論是過往還是來日，辦得到那種事情的魔王都只有『閉鎖世界（Dystopia）』一個。」

「人類最終考驗」——被視為「弒神者」並受到眾人畏懼的那些傢伙是人類末世化為實體的最強魔王。過去在箱庭肆虐的他們被來自世界盡頭的少女以及來自異世界的少年所打倒。

「閉鎖世界」和「絕對惡（阿吉·達卡哈）」兩者被擊敗後，剩下的最後一個原本應該注定會在所有的「人類最終考驗」消滅時也一併消滅。

「假使真的是最後一個『人類最終考驗』——『衰微之風（End Emptiness）』開始行動，就表示背後隱藏著某種以箱庭之眼也無法察覺的存在。」

「但是既然太陽主權戰爭已經開始，我們無法回頭。原典（Origin）候補者的最終選拔也正在進行，現在只能讓所有事情繼續並行下去……所以，我有一個想法。」

釋天咧嘴露出一個看起來滿肚子壞水的笑容。當這個傢伙露出這種笑容時，通常都有什麼亂七八糟的主意。

上杉女士回以有點受不了的苦笑，豎耳傾聽釋天的作戰計畫。

「——以上就是我被派遣來此的理由。」

「真的假的……」

「哇……歡迎！超級歡迎！『No Name』太缺人手的問題真的讓我一個頭兩個大！再加上如果是美女大姊姊，我們更是隨時都在招募！」

耀興奮地拉著上杉女士的雙手用力甩動。看樣子人才荒真的給她帶來許多困擾，很少看到耀激動成這副模樣。

如此熱烈的歡迎讓上杉女士連連眨眼，不過她立刻豎起食指提出忠告。

「話雖如此，我在太陽主權戰爭中頂多只會負責擔任你們的戰鬥人員，畢竟我還扛著護法神十二天的使命。那麼，希望你們先看看這兩封信。」

上杉女士清了清嗓子，開始對十六夜、耀和彩鳥三人說明詳情。

「一封來自釋天，另一封是久遠飛鳥託付的信。」

「飛鳥的信？」

「哦？難道說這次的作戰計畫是大小姐給我們的驚喜？」

「沒錯。久遠飛鳥的信裡提到黑天的真面目和解決用的對策，釋天的信裡則寫了如何讓那傢伙中計的作戰計畫。只要你們願意負責執行這個計畫，我可以宣誓成為『No Name』的客座人員，參加這場在亞特蘭提斯大陸上的遊戲……如何呢？」

「我願意我願意！我接受我接受！要是只有兩個人，根本沒辦法進行遊戲！『No Name』的成員都是些問題兒童，實在讓我非常傷腦筋！」

如果是三年前，現在正是吐嘈春日部耀有什麼資格說這種話的時機；然而以現狀來說，她確實是為「No Name」出力最多的人，所以沒有任何人能提出異議。

十六夜也沒有必須反對的理由，不過——

他低頭看著疲勞感一直沒有消失的身體，思考自己到底該怎麼辦。

（只要黑天還在，就不能把白化症小鬼一個人丟著，而且重點是那樣會導致我們的行動受限。換句話說，打倒黑天是必要條件……）

可是以目前的身體狀況，他真的能拿出十足實力應戰嗎？

雙腳沉重，拳頭的力量大概只剩下平常的一半。

更糟的是——**肚子餓到不行**。十六夜不願意被當成和耀一樣的愛吃鬼所以忍著沒說，但是就連現在也因為太餓而導致腦袋將近罷工。

興奮的耀和彩鳥注意到十六夜的樣子不太對勁，兩人都感到很不可思議。

「……十六夜，你還好嗎？你好像從今天早上就怪怪的。」

「我也是相同意見。愛開玩笑的個性還在，發言和行動卻沒有平常那麼俐落。」

「嗯～……沒什麼，我只是有點累。妳們女孩子不必在……」

「哪有可能不在意，你這個笨蛋大哥。」

三人同時回頭看向從宿舍裡出來的新人影。

原來是一個以手扠腰，看起來正在生氣的少年——西鄉焰。

想起昨晚狀況的十六夜對他投以銳利的視線。

「……你是焰嗎？」

「啥？這是怎麼了，幹嘛莫名其妙這樣瞪人？不過病人要狠也沒什麼好可怕。」

焰跨著大步靠近。對於還記得昨晚種種的十六夜來說，警戒是理所當然的反應。

昨晚——西鄉焰覺醒為魔王阿吉．達卡哈的化身。

和十六夜與耀等人上演過死鬥的大魔王要是因為得到化身而重回箱庭，肯定會演變成大問題。更何況十六夜並沒有軟弱到自己弟弟被搶了身體還不敢表示意見。

然而焰並沒有理會十六夜的憤慨，而是開始觀察嵌在他右手上的 B.D.A。

「可惡，已經徹底沾黏了，必須把肌肉連同裝甲一起剝下才能拆掉。」

「聽起來好痛，你不要緊嗎，十六夜？」

「……這不會痛，你們不需要擔心。」

十六夜沒好氣地撂下一句。儘管還無法完全確定，不過看樣子阿吉．達卡哈的意識並非隨時都會浮現。

態度放軟的十六夜甩開焰的手，支起一隻手托起臉頰。

「比起我的事，白化症的小鬼和持斧羅摩的狀況如何？她們還好嗎？」

「……白化症小女孩的狀況已經穩定下來，不過持斧羅摩小姐……那個……身體和內臟的功能有些問題……」

焰轉開視線，似乎難以啟口。看樣子持斧羅摩的狀態糟到讓他無法明說。

看到焰的難過表情，上杉舉起手提案。

「若是持斧羅摩願意，能不能把她交給我們護法神十二天……釋天那邊代為照顧呢？」

這突然的建議讓焰的臉孔亮了起來，不過隨即又染上不安神色。

「那樣非常有幫助，但是真的好嗎？畢竟我們正在參加太陽主權戰爭……」

「持斧羅摩不是參賽者所以沒關係，這點不必擔心。更何況我的同事中有她的弟子，想必不會虧待她。像你這樣的好心少年沒必要為這件事煩惱，接下來只要交給我們就行了。」

「啊……謝謝妳！我會寫介紹信給能信賴的德國醫院，請去找那裡的院長幫忙！我想對方一定會提供協助！」

看到焰振作起來，上杉女士也換上平常不會展現的溫柔微笑。

能在嚴格的上杉女士臉上看到這種表情的機會實在不可多得。

這時十六夜發現可以趁機胡鬧一下，露出別有含意的賊笑。

「哎呀……不愧是被稱為『越後之龍』的『毘沙門天的化身』，上杉謙信公。居然為了我家弟弟的煩惱如此費心。」

「？你怎麼突然說這種話，我擔心這個少年是什麼奇怪的事情嗎？」

「也沒什麼，只是講到上杉謙信公，除了經歷百次戰場的武勇傳說以外，好像還有一些**不太正面的傳聞**。」

十六夜笑容滿面，看得出來完全是在惡作劇。聽了如此明顯的提示，連焰和彩鳥也察覺到十六夜想說什麼。

這傳聞要說有名其實也還算是有名。

據說認定自己是毘沙門天化身的上杉謙信公為了保持神聖，一輩子都沒有和異性發生關係，也沒有留下子孫。

然而實際上──根據傳聞，上杉謙信公身邊的侍童**全都是一些長相秀美的少年**。

尤其是被譽為日本戰國時代第一美少年的上杉景虎，據說兩人之間有著非比尋常的關係。

（意……意思是上杉小姐她……！）

（原來是個誇張到足以留下傳說的正太控嗎──！）

察覺這個突然被揭發的新事實後，兩人看上杉女士的眼神都有了變化。

話說起來，她對彩鳥也有照顧得莫名仔細的傾向，搞不好真的心懷什麼不軌。

看到兩人默默拉開距離，上杉女士露出非常受傷的表情。

「等……等一下！怎麼回事？你們在說什麼我自己完全沒底！」

「不……請不必在意，大家還是繼續討論正題吧。」

「對……對啊，我也有話要和十六哥說。」

焰咳了一聲，把話題拉回來重新開始。

「剛剛說到我們要跟黑天交手對吧？抱歉，我要基於醫療觀點阻止十六哥。」

「啥？」

「焰小弟？」

「學……學長？醫療觀點是怎麼一回事呢？」

聽到彩鳥的提問，耀和上杉女士也豎起耳朵。

然而十六夜本人卻咂嘴之後把臉轉開。

焰像是因此確定，跨著大步靠近後，瞪著十六夜。

「……雖然只是一時性的狀況，十六哥的全身還是都轉變成『星辰粒子體（Astral Nano Machine）』並有所損耗。至少現在的血液肯定不夠，構成身體的組織也有一部分崩壞。以前是體內的粒子體會幫忙補充，可是那些粒子體被消耗掉了，因此必須暫時靜養才行。我猜你其實正處於貧血狀態吧？」

聽到焰的指責，十六夜總算理解倦怠感的真面目。

這種症狀和三年前大量出血時的感覺相當類似。簡單來說，就是體內循環的血液不足，所以身體才會感到疲勞。

「十六哥的心臟裡有『星辰粒子體』的原典（Origin）。我想那東西成了提高 B.D.A 輸出的結晶核，然後沉眠於體內。如果不是那樣，根本不可能從星辰（Astral）體化為物質。優先順序大概是先消耗血液中的粒子，用完之後就會減損寄生在身體組織上的粒子體。對十六哥來說，B.D.A 根本是一把有利也有弊的雙刃劍。」

焰的臉上滿是苦悶。

只要走錯一步，說不定會引起熔燬（meltdown）並導致死亡。萬一真的發生那種事，不管是粒子體的研究還是拯救白化症少女的行動，恐怕都會化為泡影。

十六夜說過不恨自己的父親，可是焰的心裡還是有無法言喻的憤怒，也充滿了很想徹底質問對方到底是打著什麼主意才會拿自己小孩進行這種人體實驗的衝動。

……然而十六夜的反應卻出乎焰的預料，一副謎題終於解開的輕鬆表情。

「什麼啊，原來我一直覺得肚子餓是因為 B.D.A 嗎？」

「啥？……肚子餓？」

「沒錯，肚子餓。我從早上就餓到不行，是因為這原因吧？」

十六夜看起來一派冷靜，不像是故意裝成沒事的樣子。

焰臉上的嚴肅表情整個消失，只能愣愣回答：

「……不……呃……只要多吃一點，是可以補充消耗掉的血液和卡路里啦……」

「什麼嘛，這種事要早點說啊。我還以為自己是遭到哪個神明詛咒，被強行加上了奇怪的角色屬性。」

十六夜一邊抱怨自己忍這麼久真是虧了，同時叫來幫忙上菜的女性，要求提供三人份的食物。

春日部耀也順便叫了十人份。

「我早知道那麼強大的力量用起來不可能完全沒有風險，一直無法確定到底有什麼風險反而比較不安全。既然只用一次就查明了風險，這下只能說是賺到了。至於連續使用的時間限制，也是差不多昨天那樣就等於最佳用法吧？」

「是……是沒錯，不過真正的風險必須進行精密檢查才能確定……」

「我知道我知道，跟黑天的戰鬥結束後，我就會專心負責頭腦勞動。在那之前你先少嘮叨一點──」

「……嗯？十六夜要待在這裡吧？」

耀邊說邊往嘴裡塞滿食物。

發現自己的盤子被搶先清空的十六夜感到很驚訝。

「……春日部，妳這是什麼意思？」

「因為聽完剛才那些話之後當然不能讓你參戰，如果狀態萬全還可以另當別論……」

「我不是在問那個，妳吃光的盤子是我點的菜。」

「……如果狀態萬全還可以另當別論，但是不能讓餓著肚子的十六夜去戰鬥。那個叫黑天的人非常厲害吧？」

春日部耀故意跳過十六夜的問題。

她迅速吃完兩人份之後，把視線放到焰身上。

「我認為十六夜起碼要靜養三天，焰小弟你的意見是？」

「啊……是，我也認為差不多三天最好。既然心臟已經結晶化，那麼讓血流裡充滿粒子需要一天，修補身體組織需要兩天。」

「對吧。而且明天要進行菈菈小姐的遊戲，如果想在亞特蘭提斯大陸的遊戲正式開始前打倒對方，我們必須在今天之內決出勝負。」

「哦？口氣不小嘛，不過我倒是可以配合。」

上杉女士露出大膽笑容，似乎頗為佩服春日部耀的提議。

她似乎也贊成要出手的話早點行動比較好的意見。在旁邊吃著橄欖的彩鳥先看了飛鳥的信一眼，才以比平常更冷靜的態度搖了搖頭。

「……那麼，我留在這裡吧。必須有人保護學長、十六夜先生和聚落。萬一你們沒攔到對方，我也可以負責防衛。」

「喂，你們別擅自決定。只靠大小姐、春日部和上杉怎麼可能對付黑天，再怎麼拚命也只會被對方反過來打敗。」

聽到十六夜極為認真的評論，耀嘟起嘴似乎很不高興。

「唔……這種話說起來不好聽，但我覺得自己已經比十六夜更強了喔。別看我這樣，現在可是被稱為最強的『階層支配者』。」

「哦？蛟劉那傢伙還真是謙虛。」

「才不是因為他謙虛，是我的實力。是說貧血的人勉強跟來又能做什麼？要是扯了後腿才讓人傷腦筋……如果你無論如何都要來扯後腿，要不要我先把你綁到無法動彈？」

——啪！空氣中彷彿出現一道裂痕。

人聽到刺耳的發言時總忍不住反脣相譏，目前正是那種情況。雖說兩邊的本意都是在擔心對方，結果卻惹毛了彼此。

彩鳥悄悄站起來準備退避，上杉女士開始評估介入的時機，至於依然沒搞清楚狀況的焰卻是很感動地覺得春日部耀和自家十六哥的感情真好。

在一觸即發的氣氛下——

傳來像是有什麼質量巨大的物體用力踏地的聲響。

「咦！」

包括原本已經要跳向春日部耀的十六夜，所有人都把注意力轉移到聚落之外。

滋咚！滋咚！來自遠方的腳步聲逐漸靠近此地，而且速度相當快。

也就是能震撼大地的重量正在如同野獸般往前奔跑。

聚落的居民也察覺到異變，開始騷動起來。

「怎……怎麼了！」

「是巨人！巨人族！」

「紅色的鋼鐵巨人來襲！」

——紅色的鋼鐵巨人？

對這個詞心裡有數的三個人各自表現出不同的反應與表情。

「難道是……」

「一定沒錯！我們去接她吧！」

「？雖然不知道是怎麼一回事，不過我們也去吧，彩鳥。」

「啊……不！我想先吃早餐！而且還要為明天做準備！請各位去就好！」

彩鳥驚慌失措地迅速離開，或許是不想見到什麼人。

焰本來想跟著十六夜去看看，上杉女士卻從背後阻止他。

「等等，焰。我有件事還沒跟你說，希望你可以留下來。」

「有事跟我說？」

「對——和阿周那有關的重要事情。」

上杉女士用認真的眼神看著焰。儘管不明就裡，焰也能理解這件事一定非常重要，因此默默地坐了下來。

＊

另一方面——原住民的聚落陷入了嚴重恐慌。

「嗚哇啊啊啊啊啊！巨人族真的來了啊啊啊啊啊啊！」

「讓女人小孩躲到地下！還有立刻把出去狩獵的飛行型幻獸叫回來！」

「可……可是……我們能打贏那種怪物嗎？」

「問題不是能不能贏！而是無論如何都必須贏！」

「嗚喔喔喔喔放馬過來！我不會讓你傷害到家人的一根毫毛！」

原住民們發出鬥志旺盛的喊聲，使用弓箭和投擲用的長槍攻擊紅色鋼鐵巨人。

這種東西當然不管用。只要巨人往前踏出一步，就能輕輕鬆鬆地踢散原住民的戰士們。

紅色鋼鐵巨人——迪恩肩上的久遠飛鳥正在煩惱到底要怎麼做才好。

「……我們該怎麼辦呢？這樣根本不能隨便行動。」

「可是看對方的反應，就算現在把迪恩收進恩賜卡裡也無法簡單了事吧。說不定他們會在錯亂狀態下攻擊我們。」

「阿……阿爾瑪小姐說得沒錯，必須想辦法讓他們願意跟我們對話！」

追求和平的鈴華握著拳頭如此強烈主張。因為她有預感，如果不像這樣繼續堅持和平解決，飛鳥可能會選擇拿出實力大鬧一場。

身為年長者的飛鳥大概不好意思過於強硬，目前還安分躲在遮蔽處。

「也對。我自己就算了，可不能讓十六夜的義妹和蕾蒂西亞的外甥女碰上危險。」

「對……對不起。」

「哎呀，妳不必道歉。既然是十六夜的妹妹，就等於是我的後輩，我反而很高興妳願意依賴我。」

飛鳥眨了眨一邊眼睛，講出很可靠的發言。

然而對鈴華來說，一直單方面受保護讓她覺得有點尷尬。

「如果妳們覺得可行，我一個人用空間跳躍下去找原住民談談吧？」

「不行，太危險了。」

「但……但是，不能都是我在受照顧。而且我可以跳來跳去擾亂他們……」

「不．可．以！妳太小看身體能力的差距了。除了空間跳躍能力，鈴華小姐妳是個普通人吧？萬一受傷怎麼辦？我可擔不起這個責任。」

雖然語氣平靜，飛鳥的斥責卻帶有不由分說的力量。

她很清楚身體能力的優勢。空間跳躍確實是很強大的恩惠，但是既然身體是常人，還是有可能被流矢射中。

看到鈴華挨罵後的消沉模樣，阿爾瑪特亞溫柔地對她說道：

「鈴華小姐，請妳理解，這次完全是主人有理。她是真心顧慮妳的安危才會這樣斥責……我想主人一定是從妳身上聯想到自己已故的妹妹。」

鈴華和飛鳥都嚇了一跳，飛鳥的反應更是特別強烈。

她紅著臉把頭轉開，滿心不滿地埋怨：

「我的隨從真的很大嘴巴。」

「非常抱歉，我只會多嘴對主人有幫助的事情，還請多多寬宥。」

看到阿爾瑪特亞如此理直氣壯，飛鳥也沒有辦法。

或許不管碰上什麼事，她都保持這樣的態度。

放棄反駁的飛鳥靠著邊緣，回想般地摸了摸掛在腰上的日本刀。

「……說沒有聯想到是騙人的。畢竟那孩子消失時，差不多是鈴華小姐這年齡。這把天叢雲劍，也是用我妹妹的遺物作為素材重新鍛造而成。」

「……原來是這樣。」

「嗯，女王大人回收了其他遺物，只把後來成為素材的劍讓給了我。因為我真的很想實際拿來使用，所以去借用了被稱為『日本刀開山祖師』的鍛造師Amakuni(天國)先生的力量，從頭開始打造成這把刀。」

飛鳥摸著妹妹留下的唯一遺物，然後把手輕輕放到刀柄上。她想必是把對往生妹妹的思念寄託在這把刀上。

失去親人的痛苦和失落不是短短幾年就能夠平復。為了填補這種喪失感和內心的空洞，飛鳥尋求的慰藉大概就是這把天叢雲劍。

鈴華和阿爾瑪都靜靜感受著飛鳥的心情。

不過——只有拉彌亞不一樣。

（日本刀的開山祖師Amakuni……？對了，就是那個極東的鍛造師，「天國（Amakuni）」！）

總算想到答案的拉彌亞抑制著激動的心跳，拚命整合情報。

如果要具體描述日本刀的開山祖師，其實是指「以近代仍無法解明的未知技術來鍛造日本刀」的那一派。

鎌倉時代以前製造了許多刀劍，但是詳細製法至今仍舊成謎，被認為是失落的技術之一。

如果基於這種觀點，鍛造出天下五劍的三条宗近與大原安綱也是該稱為日本刀開山祖師的人物。

在這些開山祖師之中，「天國」被視為特別的原因並非是基於冶煉技術的差異，而是根據其他理由。

他是鍛造了自神話傳承並由皇室收藏的三神器之一「天叢雲劍」的人物，還因為此事蹟留名後世。

（天國和西歐的鍛造師祖師「土八該隱（Tubal-cain）」以及中華大陸的武裝神「蚩尤」相同，都是被允許鍛造「Astra」的藍星鍛造師！既然她那把劍是由據說在反烏托邦戰爭中代理土八該隱的鍛造師賦予「天叢雲劍」之名的星劍，那麼……！）

現在已經可以確定，天叢雲劍是作為「星之新武器」的Astra之一。既然被當成素材，銅劍內部或許藏著Astra的核心。

不過——還有一些疑問。

照理說，Astra為了分配過於強大的力量，在神話中必定只能擁有一個形態。像是成為具備特殊力量的物體，例如能選定有資格者的加冕石（Lia Fail）；還有劍、戰斧，戰鬥技術等等也是可能的形態。

有些如同星牛那般體積龐大，還有些一旦失去就再也沒有其他代替品。

極東之地日本應該是從海底的大鍋得到了「星辰粒子體（Astral Nano Machine）」。

（只有日本被賦予了兩個……？不，那樣太奇怪了，我沒聽說過那種事。）

恐怕有其中一個是從其他神話中帶過來的Astra。只靠目前這些情報實在無法確定，不過也只能如此推論。

為了再探聽出多一點情報，拉彌亞回過頭看向其他人。

「……飛鳥，危險！」

她的叫聲剛落，一把戰斧隨即從飛鳥的臉頰旁邊掠過。

嚇了一跳的飛鳥轉過身子，對發動襲擊的敵人怒目而視。

這下她們才發現，已經有好幾個戴著牛面具的戰士在迪恩的肩膀周圍伺機而動。

「找到操縱巨人的魔女了！」

「能戰鬥的人快點爬上來解決她！」

「嗚……！不好，沒想到他們的行動這麼快……！」

迪恩的腳上已經被掛上攀爬用的鉤繩，牛面具戰士們接二連三地往上爬。雖然他們個別的實力並不是飛鳥等人的對手，然而只能壓制不能取命就是另外一回事。

牛面具戰士們的平均戰鬥能力能夠和低階幻獸相匹敵。

看到來自四面八方的箭雨，阿爾瑪趕緊升起防護罩。

牛面具戰士們放出的箭矢達到亞音速，重重打在防護罩上。

「這……這下傷腦筋了！原住民的水準高得超乎預估！而且合作無間，也有針對團隊行動進行鍛鍊！」

阿爾瑪難得如此焦急。即使基於頗哩提和十六夜的眼光，這些牛面具原住民也是高水準的戰士，而且數量還不斷增加。

「但是這種程度的敵人，要壓制他們不是難事吧？」

「壓制是小事，不想造成死傷就難了！真是最麻煩的狀況！」

只要阿爾瑪使出雷電，一口氣讓他們因為衝擊而失去意識是很簡單的事情。然而在這種狀況下昏倒，肯定有人會因為從高處落下而傷亡。

大家都束手無策，只有拉彌亞皺起眉頭覺得很麻煩。

「……妳們在做什麼，把所有敵人都撂倒不就好了？」

「不……不行啊，怎麼能提議那麼偏激的做法！」

「因為很麻煩啊，不能放點水把他們趕快打倒就好了嗎？而且他們用弓箭和長槍試圖取我們的性命，為什麼不能出手反擊？」

「……也對，這話聽起來有道理。」

「是的，我方沒有理由如此低聲下氣。」

聽到飛鳥和阿爾瑪的偏激發言，鈴華急到跳了起來。

「基本上，我們只是坐在迪恩上跑過來而已，為什麼必須遭到攻擊？該道歉的人應該是他們才對吧？」

「什麼嘛，原來妳們也聽得懂人話。」

哼哼……拉彌亞把手放在胸前，一臉得意地笑了。

「因為錯亂而分不清是非的人是那些原住民，我們是被害者。不管怎麼想，我們都是正義的一方。」

「嗯，讓他們受點教訓吧。阿爾瑪，鈴華拜託妳照顧。」

「遵命。」

「啊……啊哇哇……！」

這裡的人全都採用問題兒童式思考，本性是個優等生的鈴華只能在一旁驚慌失措。飛鳥和拉彌亞進入備戰狀態，評估著展開攻擊的時機。

當落下的箭矢數量開始慢慢減少時——

兩人配合彼此的呼吸，同時跳了出去。

——然而。

「「嘿！」」

「「「「嗚啊啊啊啊啊被幹掉啦啊啊啊啊！」」」」

手下留情的專家，逆迴十六夜。

手下留情的半專家，春日部耀。

受到這兩人的攻擊，所有原住民都一起變成了天上的星星。

「……咦？」

「哎呀。」

充滿幹勁的飛鳥看到這個光景，不由得整個人僵住。

拉彌亞反而覺得這下輕鬆了，有些無聊地玩起髮尾。

另一方面，十六夜和耀看著這些被打飛而失去意識的原住民，歪著頭討論目前是什麼狀況。

「……這些傢伙是怎樣？為什麼要襲擊迪恩？」

「他們以為是敵人吧？你看，說迪恩像巨人族倒也沒錯。」

兩人隨手拍了拍身上塵土，不過獵物被搶走的飛鳥可沒空閒聊。

「等……等一下，十六夜！春日部小姐！你們為什麼要打倒他們！我正要找這些人算帳呢！」

「嗯？」兩人歪了歪腦袋。

「大小姐的意思是……妳要自己對付他們？用腰間的那把刀嗎？妳認真的？」

「嘻嘻，飛鳥真是越來越會說笑了♪」

「說笑……？」

飛鳥受到嚴重傷害，一時語塞。

自從兩年前擊敗妹妹斐思・雷斯——飛鳥的肉體取回原本的靈格，身體能力也提高到不可同日而語。

這是因為和飛鳥是雙胞胎的斐思・雷斯擁有一半的靈格。雖說再怎麼樣也比不上十六夜和耀，不過飛鳥這兩年以來也和許多怪物們激戰過。

（沒想到……他們居然……用什麼「越來越會說笑了♪」……來形容我……！）

激動到雙手不斷顫抖的飛鳥一把撈起拉彌亞的衣領。

「……我們上吧，拉彌亞小姐。」
「咦？什麼？難道要襲擊聚落嗎？」
「對，首先——就從下面的獵物強盜開始——！」
飛鳥大叫一聲，跳向十六夜和耀。
拉彌亞沒搞清楚狀況，不過還是很配合地跟著行動。
這突如其來的襲擊讓十六夜和耀兩人都嚇了一跳。

……從上方看著他們幾人的阿爾瑪和鈴華只能露出苦笑。
「唉……結果演變成比想像中更熱鬧許多的再會場面。」
「是嗎？我反而覺得那種陰暗的氣氛不適合十六哥呢！」
「DeN。」
「喵哈哈……」鈴華笑著從迪恩身上望著下面吵吵鬧鬧的十六夜等人。
（……是嗎，十六哥在箱庭也認識了許多同伴。）
小時候的十六夜雖然也會像這樣胡鬧，卻有著更孤高的一面。
之所以覺得他不是孤獨而是孤高，大概是因為能用同等觀點和十六夜對話的人只有金絲雀老師一個。

然而現在不一樣。在這個箱庭世界裡，有那種讓十六夜可以認真胡說八道，還能陪他認真惡作劇的人們。

「……喵哈哈，有種總算安心的感覺。」

這樣一來，不管什麼時候都可以帶著笑容道別。

大概還能互相祝福彼此的未來，好好揮著手道別。

就這樣，鈴華和阿爾瑪暫時待在迪恩上，一起眺望著三名問題兒童的身影。

第四章

Last Embryo

新月之夜已過，在今晚的月亮脫下夜幕，開始展露出其面貌的時間。

聚落裡只剩下篝火照亮暗夜，只要朝外走個幾步，就會連腳邊也無法看清。萬一不小走錯路，似乎會產生從腳下被黑暗吞噬的錯覺。

獲得助理祭司菈菈邀請的眾人為了備戰隔天的遊戲，已經準備就寢。

「唉……說起來，十六哥的朋友真的有很多都是怪人。」

西鄉焰回想著白天的鬧劇，順便整理自己房間裡的醫療設備。

除了這些，恩賜卡裡似乎還收納了調查地質用的顯微鏡和粒子測定器等工具，讓他們在亞特蘭提斯大陸上的活動進行得很順利。

——他的房間位於聚落一角的宿舍裡。

這時，敲門聲響起。原來是先前不知去向的阿周那。

「焰，可以打擾一下嗎？」

「嗯？……阿周那！你到底跑哪裡去了？」

焰用力推開房門。
只見一臉為難的阿周那搔著臉頰站在門前。
「抱歉。等我回神時，才發現自己一個人在森林中徘徊……因為搞不清楚方向只能到處亂晃，最後好不容易才回到這個聚落裡。」
「你自己一個人？真是辛苦了，鈴華和阿斯特里歐斯沒有和你一起行動嗎？」
「途中走散後就沒有再見到他們。不過有阿斯特里歐斯跟著，除非真的出了什麼大事，否則應該不會有問題。」
「……這樣啊。算了，你先進來吧。在森林裡迷路一定很累，我泡杯茶給你。」
在焰的邀請下，全身破破爛爛的阿周那直接踏入室內。下一秒，他立刻瞪大眼睛。
阿周那又是好奇又是不解地看著那些醫療設備和顯微鏡等器材，開口詢問正在泡茶的焰。
「這裡到處都是我沒看過的機械，是你帶來的東西？」
「是釋天擅自塞進恩賜卡裡的設備。」
「你是說因陀羅嗎？」
「嗯。作為花費五億日幣的用途……算了，還在可以原諒的範圍內吧。多虧有了這些東西，我才能幫助那個女孩，地質調查設備目前也有派上用場……好啦，你快點坐下。」
阿周那接過焰遞給他的熱茶，依言坐下。
第一次看到外界茶包的阿周那臉上閃過感到很不可思議的表情，馬上又因為茶包的合理構造而受到感動，最後才喝了一口。
「……呼，總算緩了一口氣。」
「辛苦了。那麼，你為什麼來找我？有什麼事嗎？」
「嗯，算是有事吧。其實我在森林裡碰到了老朋友，從他那裡得知一些事情，所以我判斷無論如何都必須找你談談。」
……哦？焰非常平靜地喝著茶。
「所以你是要跟我談關於黑天的事情？」
「是的。我想你已經知道，黑天對我來說是無可取代的友人，也是心靈上的導師……他拜託我來說服你。」
「說服啊……要說服我什麼？」
「你能不能把得了白化症的少女交給黑天？」
焰面無表情地聽著阿周那突如其來的要求。
他大概是在阿周那隻身前來造訪時，就已經猜出約略的內容。焰把喝完的茶杯放到桌上，擺出前傾的姿勢開口發問。
「你能告訴我理由嗎？你應該知道要是交給黑天，那孩子會有什麼下場吧？」
「……是的。就結果來說，那名白化症少女會失去性命。然而透過她的犧牲，或許能讓人類逃過最終的毀滅。」

阿周那的眼神沉穩冷靜，語氣就像是在諄諄教誨。

焰繼續聽著，連眉毛都沒動一下。

「無論是誰，人類一出生就背負著與生俱來的使命（Dharma）。王族有王族的使命，戰士有戰士的使命，研究者也有研究者的使命。」

王族希望國家繁榮。

戰士保衛國家遠離滅亡。

阿周那繼續懇切開導，主張既然西鄉焰天生命定要進行粒子體研究，就背負著達成這研究的使命。不過焰仍舊絲毫不受影響，臉上掛著冷淡的笑容。

「阿周那，這些話不成理由。在我的時代，一定要有確切的證據才行。為什麼那孩子一定得死？什麼事情會是如何錯失時機？還有這些到底是哪個人的推測？除非你能給我明確的答案，否則我根本沒辦法回應。」

這些話太理論化了……焰搖了搖頭予以否定。

在現代，沒有任何確證的發言即使被當成詐欺也只能說是無可厚非。

阿周那稍微放低視線，輕輕嘆了口氣。

「……也對，或許**我**的言論並不切合你的時代，但是我有只能用自身言論來說服你的理由。」

「是嗎……那麼，懷柔手段要到此結束嗎？」

「不，接下來要採用另一種方法，透過提供情報來拉攏你。配合你那個時代的作風，我可以針對這片亞特蘭提斯大陸的祕密來透露幾個情報。」

焰訝異地睜大眼睛，他沒想到對方會來這一招。

臉上掛著自嘲笑容的阿周那喝了口茶，整個人坐進椅子裡。

「我想你已經明白……『天之牡牛』是人為事件。而且目的也正如你所知，是為了宣傳粒子體研究的危險性，同時提升其權威。」

「我知道。一方面是在向全世界示威，證明運用粒子體的天災武器已經被研發；另一方面是為了解決這類問題，要促進全球都進行粒子體研究吧。」

「呵呵，果然聰明。那麼你聽說過這件事嗎——預定放出來肆虐的超獸，原本並非只有『天之牡牛』一個。」

焰的臉色變了。

「……等一下，那是怎麼一回事？」

「就是聽起來的那個意思。原本預定會有『天之牡牛』、『末日巨人』和『蓋亞么子』三個同時在外界出現，不過大概是判斷那樣對全世界的影響力太大，所以『蓋亞么子』再度遭到封印。至於『末日巨人』剛在冰島甦醒就立刻敗在北歐最強的戰士手下……北歐的主神真是無隙可乘。」

在冰島出現的「末日巨人」——恐怕是指火焰巨人蘇爾特（Surtr）吧。

因為對地政學有興趣，焰聽愛德華．格里姆尼爾研發部長提過相關的故事。
據說蘇爾特是在諸神末日出現，用火焰和熔岩將大地燒為灰燼的巨人。
冰島是眾所周知的寒冷地區，然而那裡同時具備了相反的特性，也是世界有名的火山地帶。
火山地帶冰島是從星之深淵不斷往上推擠支撐大陸的巨大北美板塊與歐亞板塊，最後誕生於世。對這份力量的敬畏，後來就演變成被傳頌的巨人神話。
即使把「末日巨人」蘇爾特稱為冰島本身，其實也不算過於誇大。
位於西北大陸和東南大陸之間的縫隙，產自星之大動脈的餘波之一，就是巨人蘇爾特的靈格。
「聽說它持有從二疊紀至今約三億年的時間密度和靈格，只是一睡醒就受到攻擊，似乎讓它也無計可施。在成長到達最大之前，剛醒來的同時——它就被北歐主神送來箱庭遭到擊破，飛散的靈格則化為岩石巨人在箱庭各地徘徊。」
「……哦？所以簡而言之，那玩意兒不成威脅吧？」
「沒錯。問題是另外一個——『蓋亞么子』不一樣。那玩意兒**原本**是毀滅人類的決定性要素之一。讓星之大動脈潰決後才被產下的怪物將從大地現身，遮蓋天空並成為行星史上最大的怪物，對人類造成危害。」
「可是……那種事情卻沒有發生？」

聽到焰的問題，阿周那重重點頭。

「曾經成功自力更改行星史的神靈只有兩位，大父神宙斯和神王因陀羅。『蓋亞么子』就是被大父神宙斯親手討伐，至於這片亞特蘭提斯大陸，則是那個理應誕生的『蓋亞么子』的**遺骸**。」

「遺……遺骸！？你說這片亞特蘭提斯大陸是遺骸？」

這次焰驚訝到忍不住站了起來。

這句話的意思是說，腳下的巨大質量其實全都是同一個生命嗎？

要是這種怪物出現在人類歷史上，人類根本無計可施。無論哪個時代恐怕都完全無法與之對抗。

「……以上就是我知道的所有情報，能作為參考嗎？」

「啊……嗯。不過，你為什麼要告訴我這些情報？」

焰打從心底感到不可思議。他找不出在目前的狀況下，有什麼理由能讓對手願意單方面提供情報；也以為懷柔手段一旦失敗，自己就會立刻遭到攻擊。

阿周那再次露出自嘲的笑容，用平穩的眼神望向焰。

「也沒什麼，只是一時興起。對於不惜讓自己生命遭受威脅仍有勇氣和我一對一交談的少年，我想給予一些獎賞。如果能夠避免一些戰鬥，如果可以減少一些犧牲，就要努力讓事態往那種方向發展——我覺得**那樣做比較符合阿周那的風格**。」

眼前的人物繼續自嘲……今天實在不太對勁，平常的冷漠自己絕對不會做出這種行動。

要是阿周那沒有流淚，要是焰沒有找他一對一交談，他並不是會使用這種悠哉手段的類型。

「——其實你已經察覺出我的**真正身分**了吧？」

黑風吹起。

焰帶著銳利眼神點點頭，背後開始冒出冷汗。

「……嗯，你不是阿周那。你……是那個黑天吧？」

「正確答案，什麼時候發現的？」

「我打從一開始就發現了。因為你在途中換了第一人稱，那傢伙也不會說自己父親叫因陀羅。」（**註：原文裡阿周那和黑天使用的第一人稱不同，阿周那是「俺」，黑天是「私」**）

不僅如此，關於阿周那與黑天的關係，有一個名叫拉彌亞的少女提供了一些情報。

「——直接說結論，

阿周那和黑天是不存在於同一時間軸上的英雄。」

詩人俄爾甫斯也提過相同的事情。

阿周那和黑天兩人存在的年代原本就不同。

為了解決這個歷史上的矛盾，可以從幾個手法來進行調查。

「第一種是『雙重人格論』。假設阿周那和黑天是同一人物，這個謎題就能解開。然而這個解決辦法**反而會造成更嚴重的矛盾**。畢竟見過黑天的人不是只有阿周那一個。《摩訶婆羅多》裡提及的英雄……至少參加俱盧之戰的那些英雄們要是沒有以某種形式遇上黑天，史詩內容會出現巨大的矛盾。因為受到黑天奸計誘騙的英雄**不是只有阿周那一個**。」

英雄黑天在許多案例中，也強制了阿周那以外的英雄們在戰鬥中違背誓言。換句話說，如果阿周那是雙重人格，這些謀略就無法成立。

至少要有一個「自稱黑天的人物」或是「另一個曾經對阿周那和他的兄弟面授機宜的人物」，否則這些故事無法成立。

「……嗯。那麼，既然我不是阿周那的另一個人格，到底是什麼人呢？」

「我會從現在開始提出證據來證明。不過在那之前，我個人還有最後一個問題。」

黑天正打算備戰，卻因為最後這句話而停止動作。

焰眼裡出現有點悲傷的神色，對著黑天提出最後一問。

「你真的……想要拯救世界？」

「？那是當然。」

「那麼你願意離開『Ouroboros』，協助我們嗎？像你這種實力強大的人物要是願意幫忙，我們會輕鬆很多，成功拯救世界的機率也會提高。為了達到這目標，我們需要救世主『黑天』

的名號。」

黑天望著眼前少年的率直眼神，突然想通阿周那為什麼會和焰親近。或許冷漠的自己也是因為同樣原因，才會做出那麼不合性情的行動。

（……是嗎，你在某些地方和阿周那很相似。）

厭惡人們互相殘殺，不排斥犧牲自我，抱著偏向利他主義的夢想。

擁有平凡人類的感性，內心的強大卻與近代的英雄一致。

如果沒有這份強大，怎麼可能邀請試圖殺死自己的敵人攜手合作。

黑天可以從這個少年的心中感受到他打算運用粒子體研究，正確帶領人類前往下個世代的氣概。

西鄉焰被選為逆廻十六夜的代理人或許正是命運。

……不過正因如此，黑天打從心底感到遺憾。

「很抱歉，我必須鄭重拒絕。你們正前往錯誤的未來，而匡正錯誤是我等『Ouroboros』的使命。」

黑天以捨去所有人類情感的表情如此宣言。

談判決裂，那麼接下來只能憑藉武力來向對方證明自身的正確性。

身體周圍環繞著黑風的黑天俯視焰，發出彷彿會讓人凍結的殺氣。

「西鄉焰……不，還是叫你魔王阿吉・達卡哈吧。要是愛惜這個化身的性命，勸你趕緊現身。讓我們在這裡分出昨晚對決的勝負——或者，你喜歡一面倒的戰鬥？」

「————」

焰低下頭，臉上滿是遺憾。

然而這個破綻卻欠缺防備，讓黑天獲得充分機會展開攻擊。他用右手取出圓月輪（Chakram），瞬間斬向焰的喉嚨。

在利刃接觸到脖子皮膚的下一瞬間——

*

西鄉焰消失了。

同時，星空映入黑天的眼裡。

他超越了空間，被傳送到森林深處。

「這是……空間跳躍——？」

「太慢了！」

黑天的身體因為揮空而失去平衡，接著遭到飛鳥的居合拔刀術襲擊。陷入雙重陷阱的黑天無法完全避開飛鳥的攻擊，身上被斜砍了一刀。

這正是所謂的一擊必殺，只有在不管事前事後都沒辦法做出對應的現在這個時機才能使用的奇襲攻擊。

被彩里鈴華的空間跳躍拉來此地的黑天已經沒有閃避的空間，被迫零距離接下飛鳥的居合拔刀術。

「得……得手了！」

「奇襲大成功！啊，接下來就拜託各位了！」

鈴華立刻躲進森林裡的暗處，想必一開始就是如此安排。要是沒有她的協助，老實說飛鳥的平庸劍術不可能砍中黑天。

這個必殺作戰正是因為掌握到黑天動手攻擊的瞬間再加上突然奇襲，才會如此順利。

「可……惡……！用這種……小手段……嗚啊……！」

黑風開始亂竄，顯然失去了控制。

不斷湧出的黑風讓樹木扭曲變形，大地燃燒，氣流翻滾，毫無區別地攻擊周遭一切。

「可……可惡……你……你們對我……做了什麼……！」

「哼哼，我切離了你的靈格和傳承。如果你真的是我們推測的人物……『詩人黑天』的話，這一擊應該有效！」

飛鳥繼續保持中段持刀的姿勢，並且揭發黑天的真實身分。正如持斧羅摩前些日子所說，「黑天」這個名字原本是指土著的神靈。

後來才演變成大衛王原型的救世主，又在史詩《摩訶婆羅多》裡成為英雄，也是向阿周那講述聖典《神之歌（薄伽梵譚）》的詩人。

所以神靈黑天持有具備多種形象的化身，是強大無比的存在。

從陰影處出現的十六夜把鈴華護在身後，臉上掛著無懼的笑容。

「自稱黑天化身的人在歷史上並不少見，想來成為黑天化身的條件並不嚴格。我想要求的資格大概頂多是『僧侶階級』、『能夠委身於黑天的意志（Ganga）』這種程度而已。」

黑天神的化身。

或者該說是「被選為黑天代理人的無名氏」才正確。

「既然阿周那和黑天確實有關連，那麼要討論兩人的關係時，絕不能忽略《神之歌》的存在。換句話說，推測你這個黑天是為了讓聖典《神之歌》能夠成立而由神靈黑天安排顯現，同樣名為黑天的『代理人』應該比較合理……不過——」

十六夜的表情逐漸蒙上陰影，因為黑天的樣子很奇怪。

從他身上溢出的黑風一直沒有停止。

而且明明靈格已經被切離，卻遲遲沒有效果。

「……鈴華，逃回聚落。狀況不太對勁。」

「可……可是……」

「總之妳快走！帶著焰和白化症小鬼他們一起逃走！」

「知……知道了！」

被十六夜大吼的鈴華縮了縮身子，戰戰兢兢地消失。

異變隨後發生。

某個呈現人型的東西脫離阿周那的肉體後，黑風的源頭也跟著轉移過去。十六夜和飛鳥都看出那個人型……有著一頭黑髮的青年就是詩人黑天。

痛苦掙扎的黑天滿臉憤怒地瞪著十六夜等人。

「看看……你們幹的好事！正因為是我和阿周那才能抑制住那玩意兒！單憑不是雅利安人的我……一旦把我和阿周那分開，就再也無法抑制……一切都會毀滅……！」

黑天的強烈怒氣並不是因為被砍，而是針對其他事情。不過——這陣甚至能遮蔽天上光芒的黑風到底是什麼？

至少黑天應該沒有能操控黑風的傳說。

「難道……黑天的身體裡還潛藏著另外的存在？」

建立這個作戰計畫的所有人恐怕都沒有料想到……自稱黑天的這名青年在自身的靈格裡飼養著別的怪物。

黑風瞬間擴散並覆蓋住整個天空，讓亞特蘭提斯大陸被永夜的黑暗籠罩。彷彿乎連大地生機都要吸收殆盡的凶猛黑風正是不祥的象徵。

黑天全身都噴出黑風，宛如沸騰的地獄大鍋。黑風竄升沖天，從出資者們乘坐的精靈列車上也能夠觀測到其雄姿。

飛翔於亞特蘭提斯大陸上空的精靈列車裡，御門釋天站在窗邊直視黑風。

「……嘖，果然你就是『衰微之風（End Emptiness）』的源頭嗎？」

他露出以神王身分君臨世界時的表情，瞪著被吵醒的怪物。

不管是十六夜還是飛鳥或耀，都因為超乎預估的強烈威脅感而興奮顫抖。

在狂亂的暴風中……黑天緩緩站了起來。

然後，他目不轉睛地看著久遠飛鳥手中的刀。

「——這個無所畏懼的刀鋒……雖說僅有形體，但是沒想到極相之星劍已經完成。可惡的吉爾伽美什王和艾琳（Erinn）的女王，只破壞了星鑰似乎還不夠。」

「咦？」

黑天的聲調和過去有著完全不同的氛圍。

飛鳥忍不住感到疑問，下一秒黑天已經消失。

「主人！」

察覺主人陷入危機的阿爾瑪特亞挺身化為屏障，擋在飛鳥面前。

然而對方揮舞利爪直線來襲的這一擊卻輕鬆貫穿了她的防禦。凶惡的利爪沒有理會發出慘叫的阿爾瑪特亞，繼續攻擊飛鳥。

這隻右手——被春日部耀以更快的速度和更強的力量抓住。

「唔？」

「你這傢伙……想對飛鳥做什麼！」

灌注了猛烈怒氣的咆哮讓整個森林都為之震撼。

雙手放出金翅之炎的耀毫不留情地用這份力量攻擊黑天。熱風燒焦大地，接觸到灼熱空氣的野花瞬間消失，光是吸一口氣就會讓肺部整個燒燬。

以前「生命目錄」變化後才能運用的力量，現在源源不絕地從耀的身體裡湧出。

耀像野獸那般伸手一把抓住黑天的腦袋，把他狠狠摜向地面，毫無限制地繼續放出金翅之炎。在靈魂彷彿也會被燃燒殆盡的火焰中，黑天露出感到意外的笑容。

「哦……大鵬金翅鳥嗎？如果不是這個身體，確實會有點棘手。」

「嗚！」

——**沒有效果**。

因為這事實而感到驚愕的耀在遭到反擊前先把黑天扔向遠處山頭，飛出去的黑天產生衝擊波並撞倒許多樹木，身上卻是毫髮無傷。

「十六夜、飛鳥，小心點！那傢伙可能是不死身！」

「啥！意思是只有肉體是黑天嗎？」

黑天有個傳說，除了弱點，一切攻擊對他身體的其他部位都沒有效果。和希臘神群的阿喀琉斯是同一種恩惠。

他在熊熊燃燒的森林另一頭起身，邊冷笑邊放出黑風。和過去對峙過的黑天相比，現在的他散發出顯然更加危險的氣勢。

眼前的男子舔了舔沾血的手指，很愉快地呵呵大笑。

「真是敏銳的小丫頭。要是稍微晚一點再放手，老身就可以砍下妳的腦袋。」

聽到這句話，耀趕緊摸了摸自己的脖子。

結果頸動脈的位置有一道被掃掉薄薄一層皮的傷痕。

「老身原本該沉睡到『蓋亞么子』醒來之時……好啦，現在是什麼狀況？就算想命人解釋，身邊卻連個打雜的都沒。若要放著老身一人，老身可會隨心所欲地吞噬一切，當真無所謂嗎？要知道除非白夜王、阿爾格爾，或是因陀羅出面，否則沒辦法阻止老身。」

對方以雙手抱胸，臉上掛著陰鬱的笑容。這個男人──不，根據用詞語調透出的感覺，或許這傢伙其實是女性……然而他的眼神卻只把十六夜等人視為肉塊。

看了一會兒，男子突然瞪大眼睛，像是突然察覺到什麼。

「嗯？……那邊的小鬼，你難道是原典候補者嗎？」

「什麼？」

十六夜的腦裡滿是問號。

關於「原典候補者」這個名詞，他只在「煌焰之都」聽過一次，也沒有想到會是在說自己。

（原典候補者？我嗎？不過原典是指什麼？）

「逆廻十六夜」應該還是沒有任何傳說的英雄。

這樣的十六夜究竟能成為什麼的原典？

要是按照字面來解釋，所謂的原典候補者必定要是古老時代的英雄。

（換句話說……原典候補者這種存在並不是基於歷史的新舊或時代的序列來選拔……而是**有著完全不同的選拔基準……？**）

然而這段研究時間卻足以致命。

在不足剎那的時間裡，逆迴十六夜分心研究原典候補者這名詞的意義。

「極相之星劍、原典候補者、生命大樹……噢！原來如此！老身總算懂了！也就是說——你們這些傢伙就是人類最強戰力嗎！」

「……？百萬王冠（Million Crown）？」

黑風因歡喜而不斷顫抖。

沒錯——十六夜他們並不知道。

在三人被召喚來此之際，曾經被那樣談論。

他們也不知道，自己是作為「擁有人類最高位才能之人」而受到召喚的事實。

「哎呀！真是了不起！雖然老身認為自己遲早會站上檯面，但是沒想到擋在面前礙事的傢伙不是黃帝也不是吉爾伽美什王，甚至連艾琳的女王都不是，而是這樣的小鬼們！這正是那些傢伙的計畫幾乎都順利進行的證據！」

男子擺出宛如野獸的前傾姿勢，以明確敵意瞪著三人。

「好，事已至此，這就是前哨戰！老身寄放在黑天身上的星權還有半小時就會失效！小鬼們，拿出全力抵抗死亡吧……！」

黑天放話宣戰，以黑風覆蓋全身。

轉換成即使用野獸來形容還不足以表達其恐怖的外型後，黑天以十六夜等人的眼力無法捕捉的驚人速度直線衝了過來。

只有耀勉強跟上連十六夜也沒能做出反應的衝殺。

她右手纏繞著金翅之炎，左手高舉著羽蛇神之杖（Quetzalcoatl），大聲怒吼。

「十六夜還沒恢復健康狀態……所以，我絕對不會讓你靠近他們兩人……！」

「不夠不夠還不夠啊小丫頭！沒有星之主權的金星神之力根本不足為懼！來吧！看看老身眼中的天空！」

聽到這句話，耀依言望向眼前野獸的雙眼。

接著，她立刻震驚到臉色發青。

因為黑獸的眼中有星星——**群星**——不，夜空中的星辰在綻放出光芒。

「難道你……是星靈嗎……！」

支配箱庭的三大最強種。

耀曾經對抗過神靈與龍之純血種，卻不曾和完全的星靈交手過。黑獸放聲大笑，只用利牙就咬碎了羽蛇神之杖。

被破壞的杖隨即變回了「生命目錄」。

「不妙……我撐不住了——！」

耀感受到從未經歷過的壓倒性死亡預感，死神的鐮刀已經抵在她的脖子上。

然而在這一瞬間——有個男人做出必死的覺悟。

「『Override —— with Another crown ——』！」

十六夜承受著彷彿全身都在燃燒的痛楚，讓全身變化成粒子，以光速往前衝刺。看到這個攻擊，就連星靈也不得不驚嘆。

在動彈不得的情況下，萬千拳頭同時擊向五臟六腑。

可是十六夜卻沒有打中對方的感覺。

黑天的肉體本來就刀槍不入，黑風也能阻擋一切衝擊。

如果這傢伙真的是星靈，就代表黑風後方存在著更驚人的超大質量，完全不可能正面與之對抗。

（糟了……我連一秒也撐不下去了……！）

十六夜只能豁出去賭個運氣，對著久遠飛鳥大叫：

「大小姐！舉起妳的刀！阿爾瑪特亞！全力保護她！」

「咦……啊……我知道了！」

明白十六夜有何計策的飛鳥立即舉刀準備。

然而敵人並沒有放任他們行動。黑獸攻擊變成星辰體（Astral）的十六夜，張嘴咬向他的肩膀。會讓人想在地上打滾的劇烈疼痛折騰著十六夜，粒子體取代血液噴了出來。

因為速度太快，他無法臨機應變，身體也完全不聽使喚。

兩人衝過河山，翻滾越過湖泊，在亞特蘭提斯大陸上到處移動，掀起了陣陣的煙塵。

黑風之獸煩躁地咬了十六夜好幾次，化為星辰體的十六夜還是強忍住痛苦，瞄準飛鳥的位置。十六夜宛如流星般直直衝向飛鳥——把抱住的黑獸刺向她的刀尖。

「唔……嗯？」

黑獸並沒有發出痛苦呻吟，而是感到意外。

不過結果正符合十六夜的計畫，黑風突然迅速消散，離開黑天的身體。

黑獸表現出這只是一時大意的態度，把身體捲縮起來，逐漸淡化。

「……嘖，雖說是前哨戰，似乎還是玩過頭了。要是能以吾之天空擴展支配權，怎麼會落於你們這些小鬼的下風。」

黑獸以帶有怒火和愉悅的視線，瞪著飛鳥手中的天叢雲劍。

「極相之星劍……居然一擊就能將老身切離。不成熟的使用者卻有此等效果，實在是讓人難以置信的刀鋒。那些沒有選擇神靈，而是下注在人類可能性上的諸王可以說是獲得了勝利。」

黑獸愉快地咧著嘴巴說道。

不過十六夜等人可沒有空閒聊。先前的來回攻防僅在一瞬之間，毫無疑問卻是他們來到箱庭之後最艱險的絕境。

全身都在滴著冷汗的十六夜對著黑風發問：

「你這傢伙……到底是誰？『Ouroboros』的首謀嗎？」

「『Ouroboros』的首謀？你在說什麼？」

黑獸歪了歪頭，對此似乎一無所知。

這種反應看起來不像是在說謊。

十六夜更加警戒，用力握緊拳頭。

「那麼……你究竟是**什麼**？是神靈嗎？龍種嗎？還是……星靈？」

聽到這個問題，黑獸就像是等了很久那般，以最後的力量放出一陣強風。

他以轟隆肆虐的狂風遮蔽星光，眼中的星辰瞪視三人，並張開似乎能吞沒群山的大嘴露出笑容。

「你想知道老身是何人？——呵呵，好吧，就回答你吧。」

「——嗚……」

「老身正是藍星之大星靈其中一尊！被你等稱為母親的這顆星球之代言人兼代理人！『世界之敵』，毀滅人類的存在——也就是『人類之敵』，殺人種之王！」

「什麼……！」

「你說殺人種？」

三人都發出驚呼，轉頭看向彼此。

正如字面上所示，殺人種是「**殺死人類**」的種族。

並非為了填飽肚子，也不是基於生存競爭，而是「**為了殺人而殺人**」的種族。

代表性的殺人種是名為佩利冬的幻獸。並不是「為了生存而殺戮」而是「為了殺人而殺戮」的這種稀有幻獸正是以這種行為出名。

另外像是彌諾陶洛斯那種並非出於必要卻吃人的怪物也會被認定為殺人種——不過十六夜等人從未遇過力量如此強大的殺人種。

「沒什麼好驚訝，佩利冬是亞特蘭提斯大陸特有的種族，殺人種『蓋亞么子』放出的幻獸之一。殺人種和星靈是表裡一體又表裡同心，要是齊天大聖那小丫頭殺死愚蠢的弟弟接受使命，我等就能更早清醒。」

半星靈齊天大聖——話說起來，十六夜他們也聽說過。

混世魔王是齊天大聖的弟弟，而且天生背負吃人的使命。

「真是個讓人困擾的么女……明明多次遭到諸神戲耍，卻堅持和人類與諸神站在同一陣線。只要殺死自己的蠢弟弟並吃掉其臟腑就能解脫，結果那個不成熟的傢伙卻被無聊的情感左右。」

「────」

殺死自己的弟弟並吃掉其臟腑。

對於這種殘虐的行徑，殺人種之王的口氣卻像是在敘述什麼理所當然的義務。

這種態度讓十六夜和飛鳥都憤怒到全身迸出怒氣。

「……哼！好久沒有遇到這種絕對無法溝通的混帳了。」

「我有同感。我不知道他是地球的星靈還是什麼，但是對於無法殺害親人而造成的悲劇，不但沒有給予敬重，甚至還嘲笑對方不成熟，實在太誇張了。」

兩人到了此時又充滿鬥志，就算對手是星靈也毫不在意。

這件事不光是被對方踩到地雷那麼簡單。

這個怪物講出了十六夜和飛鳥最厭惡的行為。原本就是不可能互相理解的對手，剛剛的發言更值得讓他們把「理解對方」這個選項徹底排除在外。

殺人種之王瞪大星辰之眼，邊大笑邊逐漸消失。

「哼哼哼，真是鮮嫩的小鬼們……這片大地已經感覺不到星辰體的楔釘，『蓋亞么子』想必不久之後就會甦醒。那麼接下來就輪到老身！你們要多注意，可別被其他人咬斷了那細弱的脖子！」

黑風在大笑聲中完全消散。

遺留下來的笑聲也隨著夜風散去後，四周恢復寂靜。等森林裡的樹葉摩擦聲再度開始響起，十六夜仰起頭重重嘆了一口氣。

「……那就是真正的星靈，而且還是殺人種。」

「嗯……我也沒有想到阿爾瑪的防禦會被一擊破壞。」

「……嗯，我還以為自己會死……不過……」

耀鬆了口氣，臉上浮現笑容。

身體還處於緊張狀態的十六夜和飛鳥不解地看著她。

「怎麼說……會讓人想起剛來到箱庭那時。」

「會……會嗎？」

「嗯，因為我們第一個挑戰的魔王……不就是星靈白夜叉嗎？」

聽到耀的回答，兩人才跟著回想起來……確實如她所說。

三人剛被召喚來箱庭的時候——阻擋在他們面前的人，就是被頌揚為東區最強的「階層支配者」，「白夜魔王」白夜叉。

「……嗯，說起來是那樣沒錯呢。」

「那時候真是大吃一驚。碰到那種甚至能干涉星球運行的人，就算是我也只能退讓半步。」

「是啊……不過，**現在不一樣**。」

看到耀臉上的好戰笑容，十六夜和飛鳥都有些意外。

然而下一瞬間，兩人也露出同樣的好戰笑容。

「……沒錯，雖然那時候因為突如其來的狀況而驚慌失措，卻不是無法相抗的對手。」
「因為大家都各自擁有能對付魔王的王牌。」
「嗯，現在已經和剛被召喚來的三年前不一樣了。不過，還是有點不太夠。我認為共同體就是用來彌補那些不足，所以——」
耀拍了拍衣服上的塵土，站了起來。
接著回過頭，張開雙手露出滿臉笑容。
「十六夜、飛鳥——歡迎你們兩個回到『No Name』。」
聽完耀煞有介事的重逢致意，三個人同時笑了出來。看樣子她身為傑出的領袖，精神上也成長了不少。這是三年前的耀不可能會想到的發言。
十六夜把頭髮往上撥，扛起失去意識的黑天和阿周那。
「不管怎麼樣，這下任務完成，白化症小鬼應該暫時也很安全。雖然我很想立刻去解開亞特蘭提斯大陸的謎題，不過呢——」
十六夜講到這邊，抬頭望向天空。
只見主辦者和出資者搭乘的精靈列車正走著螺旋狀的路線，往下降落到十六夜他們身邊。
「……首先，要去找想必知道內情的傢伙探聽一下。問清楚關於亞特蘭提斯大陸的謎題、太陽主權戰爭，還有自稱殺人種的怪物等到底是怎麼一回事。」

＊

另一方面──在森林的暗處，有個吸血鬼少女目睹了所有經過。

「……啊啊啊啊……！」

拉彌亞．德克雷亞哭著癱坐在地，任憑寶石般的淚水不斷往下滾落。

這些眼淚並非出於悲傷，而是因為她剛剛贏得賭上自己立場身分以及其他一切的勝負，所以無法抑制喜悅的淚水。

「找到了……我……找到了……！母親大人！姨母大人……拉……拉彌亞……終於找到了……！」

拉彌亞的母親身上有著據說永遠無法解開的詛咒。

為了匡正錯誤，履行「箱庭騎士」宿命而盡心盡力的溫柔母親。如果想斬斷她身上的詛咒，原本一定要用到所謂「救世主」的力量。

然而只要有久遠飛鳥的天叢雲劍，已經沒有必要去仰賴那種東西。

只要用那把星劍，可以立刻拯救拉彌亞的母親。

（請您再等一下，母親大人，蕾蒂西亞姨母大人。我一定會帶著那把星劍回到您們身邊。然後我們三個人就可以永遠……永遠一起過著平穩的生活。）

拉彌亞擦掉淚水，轉向前方。接著從恩賜卡裡拿出轉盤式電話，撥給她唯一信賴的人類。

不久之後，響起話筒被拿起的聲音。

「……怎麼了呢，？我可愛的『Blonde my fair lady（黃金公主）』？」

巨龍沉睡時的呼吸聲連空中城堡的最深處都能聽到。

牠的巨大身軀比大河更長，連山谷也無法容納。

吸一口氣就會讓天上雲霧翻滾聚集，吐一口氣就會讓林中樹木攔腰折斷。

即使是在聚集了修羅神佛的箱庭裡，如此巨大的龍也很罕見。就算真有機會碰上，那瞬間肯定會成為目擊者的死期。

自古以來，「龍守護的東西是金銀財寶」已成了一種通例，這隻巨龍也不例外。在巨龍盤起來的身體中心，有一座浮在空中隨風搖晃的空中城堡。明明附屬城鎮已經整個風化到幾乎看不出原形，城堡的外牆卻沒有任何傷痕。或許是受到某種加護，景觀也完全沒有劣化。若要找出髒汙的地方，大概也只剩下展望台外牆上的人型**汙漬**。

連高階的共同體恐怕也很難擁有如此雄偉的城堡。

更何況這裡還是能夠浮空的移動兵器。對於有野心要成為一國一城之主的共同體來說，這座空中城堡正是貨真價實的財寶。因此許多對實力有自信的人得知空中城堡的傳言後前來挑戰，最後卻帶著有勇無謀之名死去。

有些人勇敢挑戰巨龍，也有些人知道不是對手而選擇逃走。

但是膽敢挑戰這隻巨龍的人，**全都失去性命，無一例外**。

此地是難攻不落也無人可生還的魔窟。

沒錯，在這座空中城堡裡，真正恐怖的並非巨龍。

而是那個訂下規則，會將違抗者全數驅逐不留活口的惡毒魔王。

一個金髮柔亮到會讓人誤以為是金線的吸血鬼。

在空中城堡王座沉睡的主辦者「蕾蒂西亞・德克雷亞」才是真正的威脅，內行人才知道的至高珍寶。

「…………」

緊閉著的雙眼連一動也不動。乍看之下會以為是人偶，不過肌膚帶有血色，也能聽到呼吸聲，她肯定還活著。

只是完全沒有自行動作的跡象。

難怪會被誤認為古董。

要是那柔亮的金髮能隨風飄散成扇狀，想必會形成一幅非常美麗的畫面。然而遺憾的是，通往王座廳的迴廊被巨大的門扉阻擋，這裡呈現無風狀態。

除非有人來打開那扇大門，否則這頭金髮沒有乘風飛舞的機會。

沒錯，除非能有那種成功從巨龍的眼皮子底下溜過——來到這裡的無畏勇者出現。

「………？」

突然有一陣風穿過室內，將金髮輕輕帶起。

同時遠處還傳來優美的歌聲以及沒對上節奏的拍手聲。

「London Bridge is broken down.（倫敦鐵橋垮下來）」

「垮下來～垮下來～！」

「Build it up with silver and gold.（用金和銀去搭起來）」

「搭起來～搭起來～♪」

「Silver and gold will be stolen away,（金和銀會被偷走，）Stolen away, stolen away,（被偷走，被偷走。）Silver and gold will be stolen away, My fair lady.」

「哎呀，該怎麼辦呢～♪……我問妳啊，小雀，歌詞最後的 My fair lady 是什麼意思？」

那個跟在唱出優美歌聲的女性身邊，節拍亂打一通的少女……也有可能是少年的人物以可愛動作歪了歪腦袋。

亞麻色的短髮和偏中性的五官讓人很難判別出正確的性別，不過在箱庭裡，就算是雌雄同體也不稀奇。更何況以這個人物來說，那些都只是細微瑣事。因為她或他的親切笑容和舉止充滿了魅力，甚至能讓所有人都產生好感。

另一方面，唱歌的女性——被稱為小雀的女子任憑少女或少年拉扯著自己的手，帶著苦笑回答：

「據說那是指為了防止倫敦橋垮下來而被埋進橋墩裡的祭品女性……還有，歐利。如今我再怎麼說也成了聯盟之長，就算是同門的友人，叫我小雀也太超過了。俄爾甫斯老師有吩咐過，交友時要謹守分寸吧？」

「哼哼，俄爾甫斯才不會在意那種事。而且金絲雀這種華麗風的名字根本配不上妳，妳應該要拜領更充滿骨氣和力量的名字比較適合，肯定是那樣沒錯！」

亞麻色頭髮的少女或少年激動地如此主張。

可是這個人明明主張要那種強而有力的名字，自己卻使用「小雀」這種隨性的叫法，想必抱持著凡事都不需特別深入思考的主義。

名叫金絲雀和歐利的兩人毫不猶豫地往王座前進，擾亂了周圍的寂靜。原本長期靜靜沉睡的蕾蒂西亞實在沒辦法無視這種訪客，只能很不以為然地微微睜開眼睛。

「……實在讓人吃驚。俄爾甫斯卿是希臘神群的詩人之一，意思是諸神終於要主動出手討伐吸血鬼王了嗎？」

石造大廳裡響起顯得聰慧又充滿威嚴的聲音。

入侵者也就此停止對話。

兩人同時收起笑容端正姿勢，在王座前方低頭跪下行禮。

「請原諒我們的冒昧造訪，蕾蒂西亞·德克雷亞陛下。我是希臘神群的詩人俄爾甫斯之妻，名為歐律狄刻，請叫我歐利。」

歐利和金絲雀都恭敬地垂著頭。

蕾蒂西亞以鮮紅雙眼凝視兩人，點了點頭像是總算想通。

「我聽說過俄爾甫斯卿的歌聲和豎琴具備能讓各種魔物入睡的力量，所以巨龍才會睡著嗎……不過我原本還以為妳是個小孩，結果卻是俄爾甫斯夫人，真是意外。」

「嘻嘻，常常有人這麼說。裝年輕是我的興趣，因為以我的種族來說，性別和外表只不過是一種裝飾。」

「……嗯，仔細感覺，妳身上確實有森林妖精（寧芙）的氣息。少年般的模樣只是暫時性的外表嗎？」

「您的慧眼真是令我惶恐。但是請放心，我們是和希臘神群無關的流浪旅人。前來此地只是興趣使然的玩樂行動。」

歐利對著蕾蒂西亞眨了眨一邊眼睛。這種行為不太像是已婚女性會做的舉動，不過既然是擬態，那麼對於這種裝可愛行為想必該視而不見。

蕾蒂西亞把視線從歐利身上移開，看向金絲雀。

原來如此，雖說比不上蕾蒂西亞，但是那一頭美麗金髮確實很符合金絲雀這名字。

她身上穿著沒有任何裝飾的白色塹壕大衣和樸素的服裝，算得上比較時髦的物品只有一對貝殼耳環。

看起來像是剛成年沒多久，身上卻沒有半分女人味。

既然不能穿戴打扮，就代表她應該是歐利的隨從——蕾蒂西亞正要做出這種判斷，卻又眯起眼睛提問：

「喂，那邊的女隨從。」

「……隨從？噢，是說我嗎？是是是，有什麼指教嗎，吸血鬼的魔王大人？」

金絲雀有點裝傻地回問。

蕾蒂西亞並沒有理會這個問題。她睜著目光如炬的鮮紅雙眼，指向金絲雀的頭髮。

「那頭金髮……**不是妳自己的東西吧？**」

「哦？」聽到這個指責，金絲雀似乎有點意外。

「嗯，是啊。是老友送我的自豪金髮，有什麼問題嗎？」

「我想也是，人類不可能擁有那麼美麗的金髮。所以那頭金髮——**是哪裡的種族授予的恩惠？**」

鮮紅的雙眼逐漸染上危險的色彩。

色彩中包含了怒氣和怨恨，以及類似哀愁的情感。金絲雀原本認為這個質問很唐突，看到蕾蒂西亞的視線後才回想起她的境遇。

「原來如此，妳懷疑我的金髮是從吸血鬼那裡取得的東西……嗯嗯，如果是那樣，我們前來此處的行動才會符合情理。畢竟這個地方要作為兩個流浪旅人隨性前往的地點未免過於困難，把我們視為背叛者後裔派出來的間諜確實是比較適當的推論。」

傷腦筋啊……金絲雀以有點胡鬧的態度聳了聳肩膀。

蕾蒂西亞把她的反應當作是承認。

「——換句話說，妳們是我的敵人？」

「實際上如何呢？人類的種類無法只用敵人和同伴來區分，只靠著達到最小公倍數無法看到真相。我覺得妳應該多了解更多元化的宇宙（世界）會比較好。」

「咦？可是只要有二以上的因子存在，就可以建構宇宙論（Cosmology）吧？」

「歐利，我們現在不是在討論那方面。」

金絲雀隨便應付掉質問後，對著蕾蒂西亞微笑。

簡而言之，她只是在拐著彎詢問蕾蒂西亞願不願意和她們再多溝通幾句，不過蕾蒂西亞卻把那些發言都當成胡話。

「沒有什麼好說的。因為就算妳們和我的親族無關，我也不打算讓妳們離開這個魔窟。」

帶著尖牙的影子覆蓋了蕾蒂西亞的王座廳。

這動作就像是魔宮之主打算把獵物吞進自己的胃裡。只要蕾蒂西亞一動手，金絲雀等人想必會瞬間被影之牙咬爛。

影之牙在王座廳裡到處爬行移動，宛如化身為蜈蚣。

金絲雀和歐利默默縮短彼此的距離，背對背露出苦笑。

「充耳不聞嗎……傷腦筋，我只是想找第一個『原典候補者』聊聊而已。」

「我說小雀，妳惹火她是想做什麼啊？」

「該怎麼辦呢？總之我讓她留下了印象，這樣也算一種成功吧？」

「最差的印象也算成功嗎？」

「再怎麼樣總比全無印象來得好。而且也做過自我介紹了，我們差不多該走了。」

「哦？妳以為我會放過妳們嗎？」

來自王座的銳利眼光貫穿兩人。下一秒，兩人的身體就像是被綁住般地受到限制。而且全身血液流動的速度變慢，皮膚也逐漸失去血色。金絲雀看出這是中了操縱血流的詛咒，卻還是露出無畏笑容，舉起手指抵在嘴唇上。

「總之這次要先告辭了，不過我很快就會再來拜訪。下次來聊聊妳在意的事情……吸血鬼們後來的狀況吧——那麼再見了，Blonde My fair lady（黃金的吸血鬼之王）。」

話聲甫落，蕾蒂西亞便彈了個響指，揭露出影之牙。

影之牙化為千鏃萬槍襲擊兩人，把她們咬爛成碎片。現場刮起狂野猛烈的暴風，撕裂肌肉並扯碎骨頭。箭鏃和槍尖形成沒有絲毫空隙的網，被捕捉到的獵物恐怕連逃走的餘力都不剩。呈現平面的影之刃在斬擊中灌注了無法從外型想像到的重壓，在王座廳裡肆虐橫行。

如同雷雨般發出激烈聲響不斷落下的這波攻擊持續了一分鐘以上。

王座廳已經整個崩壞，宛如發生了局部性的土石流。

石牆和地面都裂成碎片，呈現悽慘的景象。

蕾蒂西亞興趣缺缺地望著兩人份的屍塊散落在地上，閉上眼睛準備再度沉眠——

「……哼。」

「那麼再見了，Blonde My fair lady（黃金的吸血鬼之王）」。

「……！」

她猛然睜開眼睛。這下才發現原本散落一地的屍塊已經消失無蹤。不，不僅是這樣。

連石牆和地板也恢復成沒有血跡，甚至連一絲傷痕都不存在的狀態。

被影之牙……千鏃萬槍之雨擊碎的王座廳——恢復了寂靜，彷彿什麼事情都不曾發生。

「……看樣子那些傢伙並非一般鼠輩。」

蕾蒂西亞支起一隻手托住臉頰，滿心不悅地說道。接著，她感覺到喉嚨有點疼痛。

大概是因為久違地講了這麼多話。

這也難怪，畢竟她最後一次說話已經是相隔了漫長歲月的往事。

也就是遭逢吸血鬼叛亂的蕾蒂西亞為了殺光逆賊，帶著萬千怨懟大聲嘶吼的那時以來。

「——你們這些混帳……連死亡的資格都沒有——！」

「————」

即使殺死仇人也無法滿足。

就算已死也無法原諒。

蕾蒂西亞燒燬屍體，打下木樁，徹底毀滅仇敵直至對方回歸塵土。

……但是，她並不知道後來的發展。

或許那些傢伙已經全滅，或許有人成功逃走保命。她從未在意過那些事。

不過，如果真的有叛徒還活著——

「沒想到過了這麼久，敵人還想要我的腦袋。看樣子那些叛徒真的很想殺了我——哼哼，好吧，這次我一定要殺光你們，連一個也不會放過。」

蕾蒂西亞拉起嘴角露出殘虐的微笑，閉上眼睛。

她發誓，當自己下次睜開眼睛的時候——就是再次作為魔王降臨之時。

＊

——空中城堡，中庭花園。

大紅色薔薇盛開的庭院中心響起淑女們的笑聲。

蕾蒂西亞被卡拉女僕長拉著手帶往妹妹舉辦茶會的地點。吸血鬼的第二公主——拉彌亞．德克雷亞看到姊姊蕾蒂西亞出現，整個表情都亮了起來。

「哎呀！總是待在鍛鍊場裡的姊姊大人居然會來參加茶會，到底是什麼風把您吹來的？」

「別這麼說，拉彌亞。身為女性，我自認具備了基本教養水準的社交性。」

「哎呀哎呀，您真的有資格說那種話嗎？姊姊大人出席社交場合時總是穿著男裝吧？跳舞時也是一樣，只學會以男伴立場帶領女性共舞的美麗公主可是讓許多淑女為之心動喔。」

拉彌亞臉上掛著調侃姊姊的笑容。

「真是嚴厲啊……」蕾蒂西亞只能喃喃如此回答，來到位子就坐。

兩人生為王族姊妹，雖然都是正室的孩子，立場卻截然不同。

長女蕾蒂西亞為了繼承下任王位而接受戰士教育，次女拉彌亞則是被培養成能促進外交圓滑進展的公主。

講得露骨一點，拉彌亞只不過是王族擁有的強大政治道具。

她大概會被嫁往同盟共同體以加深雙方關係，或是被嫁給吸血鬼中的望族來強化種族內的團結……大致上就是這兩種將來。正如蕾蒂西亞身上的騎士禮服和拉彌亞身上的奢華女性禮服所示，兩人處於互為對比的立場。

或許是對這種立場有所不滿，拉彌亞掌握這次機會帶著笑容繼續挖苦蕾蒂西亞。

「姊姊大人要不要也學習一下裁縫之類呢？要是整天磨練劍術實力，以後還是無法引起男性的興趣喔。」

「哈哈，妳說得對。我連一杯好喝的紅茶都不會泡，就算詢問一百個人的意願，也肯定一百個人都想成為妳的夫婿。」

對於這些諷刺，蕾蒂西亞率直地以真心話來回應。大概是因為她本身個性就和戀愛絕緣，才會如此乾脆地接受妹妹的發言。

這樣一來，尷尬的反而是挖苦人的那一邊。

拉彌亞臉上的笑容瞬間消失，嘟起嘴巴說道：

「……哎呀，也不一定會那樣喔，應該有不少男性其實偏好姊姊大人這種有些與眾不同的女性。」

「拉彌亞公主，您這句話太小看蕾蒂殿下了。」

在旁待命的卡拉似乎很愉快地加入話題。

她先在茶杯中注入以薔薇園花朵和茶葉混合調配而成的紅茶，才露出像是在代替主人反擊的促狹笑容。

「駕龍飛馳，讓金髮隨風飛揚的蕾蒂殿下正是戰場之花，因為憧憬殿下而有心求得一官半職的人也不在少數。講到吸血鬼的公主將軍，正是箱庭中最受到崇拜的女性之一，如今想要求婚的英雄英傑更是多到不計其數。」

「……是嗎？那麼，有哪位勇者獲得姊姊大人的賞識嗎？」

拉彌亞有些不安地提問。

蕾蒂西亞搖了搖頭，臉上的苦笑比先前更為明顯。

「怎麼可能有。在戀愛方面，沒有其他吸血鬼比我更無緣。況且在繼承王位一切穩定下來之前，我都不打算成家。」

聽到到蕾蒂西亞的回答，拉彌亞開心地點了點頭。

「說……說得也是呢！雖然我先前講了那種話，然而姊姊大人是我等吸血鬼一族的至寶！配得上您的男性可沒有那麼容易出現！」

「正如拉彌亞公主所說，若要向我等的公主將軍求婚，必須先擊敗身為粉絲俱樂部第一號成員和第二號成員的我們才行！」

卡拉挺著胸膛發出宣言，拉彌亞卻紅著臉有點慌張。

沒有注意到妹妹反應的蕾蒂西亞笑著回答：

「什麼啊，如此一來，除非是超凡出眾的勇者，否則根本沒有機會成為我的夫婿。畢竟卡拉的劍術實力連騎士長都感到讚嘆，我自己也是對戰三場會落敗一場。」

「沒錯，一般的勇者可不及格。如果想成為我等公主將軍的伴侶，必須有隨手就能應付掉這點考驗的本領。」

沒錯沒錯……女僕長和第二公主都頻頻點頭贊同。

蕾蒂西亞忍著笑意拿起紅茶，一邊享受薔薇芳香一邊看向庭院，然後才拍了一下手像是突然想到了什麼。

「可是仔細想想，其實對象不必是勇者。」

「咦？」

「您說什麼？」

「妳們也知道吧？『Thousand Eyes』不是送了魔王過來嗎？就是那些希望我們協助制定『階層支配者』制度的人。」

「噢，原來您是在說那些人。我記得是『拉普拉斯惡魔』和……好像叫作白夜王的『白夜魔王』吧？」

「就是他們。尤其白夜王據說是資歷最長的人物之一，那些人就算當不成我的夫婿，想來也有資格成為拉彌亞的結婚對象。」

「哎呀？我提起的話題怎麼燒回自己身上了？」

發現風向掉頭的拉彌亞笑著加入對話。

——「Thousand Eyes」是把根據地設立於箱庭排行兩位數的六十九外門，規模最大的商業共同體。在這種規模(class)的共同體中，大概只有他們會直接插手下層事務。為了尋求庇護而聚集到「相對雙女神」旗幟之下的共同體多得不可勝數。結果，「Thousand Eyes」就以群體共同體這種特殊形態而廣為人知。據說原本是另一個組織名，不過知道這件事的人幾乎不存在。

既然這樣的共同體率先提議願意出借強大戰力，那麼趁這個機會加深兩個共同體之間的關係才是上策，要作為第二公主的聯姻對象也是無可挑剔。

不過卡拉聳肩之後搖了搖頭。

「很遺憾，您的計畫恐怕不可能實現。聽說白夜王和拉普拉斯都是女性外表的魔王，而且那個魔王……不是能用尋常盟約束縛的對象。」

「哦？妳見過她們嗎？」

對於這個問題，卡拉搖頭回應。

接著她收起平日的快活笑容，壓低音量似乎要提及什麼祕密。

「白夜王是在佛門悔過齋沐後才受到召喚因此我並不擔心……然而另一位魔王『拉普拉斯惡魔』卻有著不妥的傳聞……據說她和最近在西區出現的魔王——『敵托邦(Dystopia)』暗中勾結。」

「『敵托邦魔王』？」

「這是個陌生的名字呢。既然被召喚到西區，所以是西歐的魔王嗎？」

蕾蒂西亞和拉彌亞看著對方，很不解地歪了歪腦袋。不過既然出現在西區，想必不需要太過擔心。

這是因為箱庭和外界的東西南北有著密切的關係。

被召喚自東亞者通常會在東區出現，從西歐諸國和中東召喚而來的存在則會前往西區。

北區是斯拉夫神群、北歐神群以及象徵凶兆的惡鬼羅剎所居住的地域。

南區擁有豐饒的土地，因為混住了各式各樣的種族所以起源根本不重要。雖然只是粗略分類，不過箱庭大致上可以這樣區分。

其中西區有許多神靈移居，是四個區域中最大的一區。

希臘神群、羅馬神群、凱爾特神群和阿爾斯特諸神等多個神群在此區形成群雄割據的局勢。事到如今，只不過是出現一個新魔王根本不足為慮。

然而卡拉的表情卻變得很嚴肅，像是在否定兩人的推論。

「很遺憾，魔王的真面目至今尚未判明，也無法得知到底是在西歐誕生的魔王還是另有其他來歷。對此事感到在意的我派出密探，結果帶回了令人驚駭的情報……可以報告嗎？」

卡拉以視線詢問蕾蒂西亞，畢竟這裡正好只有王族和親信在場。

「拉彌亞，今天討論的事情要麻煩妳保密。」

「請您放心，裝作自己聽過就忘也是淑女必備的教養。」

「嘻嘻，兩位殿下果然聰慧，讓身為女僕長的我實在非常自豪。」

卡拉微微一笑。然而她隨即收起笑容，從恩賜卡裡取出資料……那是上面刻有赤枝旗幟的三張羊皮紙。

「赤枝旗幟……是『阿爾斯特』騎士團送來的密函？」

「他們是凱爾特神群的大型共同體之一吧。」

「是的。送來密函的人是一個名叫瑟坦特(Sétanta)的少年，送到後他立刻以非常驚人的速度離開，好像是因為必須再趕往其他地方。他的腳程迅速到甚至會讓人誤以為是疾風或閃電，而且從他身上可以感覺到半人半神的靈格，想必前途無量——哎呀，我還是回到正題吧。那麼關於這封密函，如果內容是事實，就是令人震驚的重大事件。因為上面提到凱爾特的土著神事實上已經

整個崩壞。」

蕾蒂西亞皺起眉頭，懷疑起自己的耳朵。

雖然統稱為土著神，力量卻是有高有低。

其中包括大地神靈和大海神靈，還有許多司掌天氣的神靈。就連小河的神靈也可以定義為土著神，大概是其中一部分受到了重大打擊吧。

然而卡拉察覺蕾蒂西亞的想法，繼續說明並更正她的誤解。

「蕾蒂殿下，剛剛那句話並不是比喻，而是正如字面的**全面崩壞**。工藝神和工匠神那類偏向民生製造的神靈自不用說，連主神級也遭到討伐。據說以天空神塔拉尼斯（Taranis）、天墜神阿爾比歐利克（Albiorix）為首的眾多大神都戰死並且消滅。」

「怎麼會……！」

「不可能！妳說不只是死亡，而且**神靈還消滅了**？」

砰！蕾蒂西亞拍了一下桌子，激動地大叫起來。

看到平常冷靜沉著的姊姊如此慌亂，被嚇到的拉彌亞戰戰兢兢地開口發問：

「姊姊大人，畢竟神靈也有生命，被惡徒打倒總是難免一死吧……？」

「不，**沒那回事**——對，**不會發生那種事**。箱庭有個系統，神靈就算喪命也必定會再度受到召喚。結果妳卻告訴我……他們被**消滅**了？不可能有哪個魔王擁有這等力量！」

「不，蕾蒂殿下，您忘記了嗎？其實有些魔王擁有唯一的例外力量，也就是最古老的一員，至今尚未被打倒的魔王……擁有『弒神者』稱號的存在。」

聽見卡拉話中有話的發言，蕾蒂西亞倒吸了一口氣。

在這個諸神的箱庭中，擁有殺神功績的英雄英傑並不在少數。有些人靠著這份功績獲得恩惠，也有些人贏得了別號。因為只要有強大力量和廣博知識，再加上適時的運氣幫助，要辦到那種事並非絕不可能。

然而那只不過是虛偽的稱號，虛假的勝利。諸神畏懼的**真正**「弒神者」——擁有這個稱號的魔王被稱呼為……

「……『人類最終考驗（Last Embryo）』。妳意思是新出現的『敵托邦魔王』也是其中之一嗎？」

「這點還無法確定，可是有不少神靈認為此事是嚴重事態。實際上在凱爾特……不，這裡還是用歐洲來稱呼吧。原本應該在該處匯聚的『歷史轉換期（Paradigm Shift）』暫時鬆脫散開，連之後的時代都受到大規模的影響。可以推測即將完成的阿克夏記錄（Akashic records）恐怕也因此歸零。」

蕾蒂西亞雙手抱胸，像是在仔細思索卡拉的見解。

她原先只是想稍微問一下外交現狀，然而目前或許已經演變成超乎預估的棘手局勢。如果一個神群真的消滅，必定會帶來無法估量的影響。這是甚至能導致目前的時間軸因此變形扭曲的重大事件。

之所以會如此嚴重，是由於神群的——他們的靈格和外界的人類歷史密切相關。

神群在歷史擬人化、統治者神格化以及祖靈崇拜等各式各樣的領域裡獲得來自人類的信仰，並藉此構成靈格而誕生。

因此**神群的消滅**就代表**人類歷史的改變**。

原本是為了避免那種事態發生才會在世界軸上設置再度召喚神群的系統，然而一旦那個系統沒有發揮功能……意思是一部分凱爾特神群已經在人類歷史裡遭到刪除。

「聽說殘存的一部分神群成功逃到其他神群那裡，但是目前尚無復興的頭緒。大神達格達(Dagda)帶著《來寇之書》逃走，寄身於北歐神群的女神斯卡哈似乎為了籌備戰力而開始招收弟子。」

「太陽神魯格(Lugh)呢？他是凱爾特神群的最強戰力吧？」

蕾蒂西亞以緊張表情提問。

太陽神魯格是有名到不能再有名的主神，除了神槍，還擁有許多強大的恩惠。

她正想繼續追問該不會連魯格也遭遇不測，卡拉已經先搖頭否定。

「雖然情報尚未確定所以還無法評論……不過聽說太陽神魯格在逃走後，為了打倒『敵托邦魔王』，似乎打算把新的最強種召喚到凱爾特神群裡。」

「……這真是孤注一擲的行動。」

「可見他處於不得不那樣做的狀況。畢竟再這樣下去會威脅到凱爾特神群的存續，神群也想避免被貶為『無名(No Name)』的事態。」

「No Name」──旗幟和名號都遭到剝奪的沒落共同體。既然神群是靠著信仰維持，一旦被貶為「No Name」就永遠沒有可能重振旗鼓。

明白事態的嚴重程度後，蕾蒂西亞雙手抱胸低聲沉吟。

「『敵托邦魔王』……居然出現力量強大至此的魔王。這魔王到底是何方神聖？是哪個地方的神靈嗎？」

「也不能排除其實有其他神群是魔王後盾的可能性。不過，我想那無疑是擁有某種特殊恩惠或宇宙論的魔王。我等既然自許為『箱庭騎士』，恐怕免不了要與其交戰，必須更謹慎戒備才行。」

「嗯，無論多強大的魔王都不是姊姊大人的對手。吸血鬼一族將以公主將軍為首團結一心，必定會取得魔王的首級。」

第二公主把手放在胸前，充滿自信地宣言。

這份信賴雖然窩心，蕾蒂西亞心中卻仍有一絲不安。

（人類歷史一旦發生巨大變動，我等吸血鬼的未來也會改變。我等只不過是從人類歷史的延長線上召喚而來的一族，這次的事件對我等的系譜恐怕會造成不少影響。）

吸血鬼一族是從遙遠未來被召喚至箱庭的系統樹守護者。

他們畏懼太陽的種族特性是起因於預測會在將來發生且規模遍及全地球的太陽異常活動。人類原本會因為太陽開始異常活動後的輻射而滅亡，為了迴避那種未來而進行摸索的結果造就了現今這些吸血鬼的祖先。文獻上記載，那些移住到飛行於赤道線上的人工衛星以避開有害太陽光的人類就是所謂的吸血鬼。

講得簡潔一點，在人類歷史上，**吸血鬼原本是人類**。

儘管還剩下為什麼具備吸血能力的疑問，不過這方面至今尚未解開。

——然而，**一切都有意義**。基於本能，吸血鬼們很清楚這個事實。

而這個種族本能正在警告蕾蒂西亞。

這次事件會讓吸血鬼一族蒙上陰影。

「……或許提早繼承王位會比較好。」

「哎呀？這件事讓蕾蒂殿下您提起幹勁了？」

「只是稍微。卡拉，妳要繼續調查『拉普拉斯惡魔』；拉彌亞，妳要確實忘記今天討論的事情。」

「我知道，畢竟這些事情對社交界的花朵們來說有點過於駭人。」

三個人都看著彼此點頭。

這時，她們才注意到太陽已經開始西下，看樣子聊了不少時間。

蕾蒂西亞從椅子上起身，準備前往父親的辦公室。

「這件事必須向父王報告，還得準備保護凱爾特神群的生還者。卡拉，妳也一起來吧。」

「遵命，吾主……對了，拉彌亞公主，很抱歉把這種不太平的事情放到茶會上討論，下次我會先準備更熱鬧有趣的話題。」

「請不必在意，我可以找姊姊大人徵收補償。」

「不愧是拉彌亞殿下，那麼我就以蕾蒂殿下的名義賒帳了。」
「哎呀，真是狠心的女僕和妹妹。」
確實如此……拉彌亞帶著笑容目送兩人。
「——再見，姊姊大人。下次茶會就來品嚐您親手泡的茶吧。」
「知道了，我會稍微訓練一下。」
蕾蒂西亞甩著外套離開中庭。
她的嘴角掛著微笑，計畫著下次茶會要讓妹妹大吃一驚。
在凱爾特神群居住的土地，紅茶的價值高到甚至被視為生命之水，那裡的豐饒神想必擁有非常頂級的有名茶葉。蕾蒂西亞可以想像出妹妹吃驚的表情。
覺得這下無論如何都要出面收容凱爾特神群生還者的蕾蒂西亞臉上浮現出期待的微笑——

＊

——那種幸福的時間。
……還有和親愛妹妹的約定。
已經永遠再也無法實現……回憶起這些事的蕾蒂西亞在王座上靜靜地獨自哭泣。

＊

冷清的王座廳裡只有眼淚滴落的聲音迴響著。

沒有風聲。

沒有民眾的說話聲。

沒有官僚東奔西走的吵鬧聲。

也沒有騎士在鍛鍊時發出的吶喊聲。

嘮嘮叨叨的女僕不在身邊，仰慕自己的妹妹也已離去。

在魔王的王座上，只剩下寶玉般的美麗眼淚滴滴答答落下的聲音。

換句話說，這個王座上僅有空虛。

「……過去的夢嗎……」

不知在那之後已經過了多少時間。

一直沉睡的蕾蒂西亞並不確定，只是隱約明白不會只過了一兩百年。毫無疑問，自己肯定沉睡了數千年。

繼承王位的蕾蒂西亞因為和龍化為一體而得以不老，然而王族以外的吸血鬼大概只有兩百五十年的壽命。就算有人生還，當時的叛徒們也早就衰老斷氣了吧。即使現在還有吸血鬼，也只不過是和蕾蒂西亞沒有任何關係的他人。

然而——受到情感驅使的復仇不講道理。

蕾蒂西亞·德克雷亞曾經定下契約。

不允許敵人火化埋葬。

就算已死也無法原諒。

除非把對方的親族黨羽都徹底根絕，否則胸中的火焰無法熄滅。

灌注了萬千怨懟後噴出的憎惡火焰——被宛如小鳥啁啾的聲音踢散。

「哎呀，我很同情妳的遭遇，但是殺光所有人未免太過火了。」

「砰！」地一聲，王座廳的大門被用力推開。大搖大擺闖入的入侵者看來沒有想自報名號的意思，不過這也難怪，因為她已經自我介紹過了。

用右肩扛著公事包的金絲雀登場之後，帶著友好笑容把公事包放了下來。

「晚安，一個月不見了，『Blonde My fair lady（黃金的吸血鬼之王）』。這陣子妳過得好嗎？」

「我的樣子正如妳所見，也已經充分養精蓄銳。正在考慮如果必須繼續等待，自己就要主動出擊。」

「哎呀，只能說我把時機抓得很準，畢竟賣點關子才能讓遊戲更有趣嘛。」

金絲雀不但毫無歉意，甚至還自誇了起來。

然而蕾蒂西亞並沒有繼續回應。她對金絲雀原本就沒有任何興趣，無論對方說什麼都不會聽進耳裡。

蕾蒂西亞以赤紅眼眸看了金絲雀一眼，高傲地下達最後通牒。

「我只給妳一次機會——招出吸血鬼的村落，那樣一來我可以饒妳一命。」

「……嗯？我說過吸血鬼還有倖存者嗎？」

真奇怪呢……金絲雀雙手抱胸開始思考。

聽到這回答的蕾蒂西亞挑起一邊眉毛。

「……那麼，已經全滅了嗎？」

「這個嘛……這件事也還是祕密之一，不然遊戲可無法進行……啊，還有最好別說什麼要『殺死』詩人，那種話在現代會被人嗤之以鼻喔。」

金絲雀豎起食指靠在嘴唇上，似乎很愉快地笑了。

接著她攤開羊皮紙，拿著羽毛筆揮灑自如地製作出「契約文件」。

「這場遊戲的報酬是『關於吸血鬼的所有情報』，在遊戲中妳可以自由反覆嘗試。也不需要參加的籌碼，想挑戰多少次都行。」

「……？這是什麼規則，妳能得到什麼利益？」

「哎呀？妳不喜歡沒打算賺錢的做法嗎？要知道服務奉獻之心很美喔。如果是不滿沒有勝利條件，那麼過去的妳自己又如何呢？」

金絲雀帶著輕浮笑容指責蕾蒂西亞的痛處。蕾蒂西亞並不喜歡這種繞遠路的做法，但是沒有吸血鬼相關情報就在箱庭裡四處搜索也太費功夫。

更重要的是，蕾蒂西亞感覺到身體因為沉睡數千年而反應遲鈍。在這種狀況下要以十全力量戰鬥可能有困難，陪這個女人玩玩以恢復戰鬥判斷力或許也不錯。

反正等到膩了之後，只要拷問她取得情報就行。

「——好吧，我就配合妳的幼稚遊戲。」

「謝謝妳，那麼——」

金絲雀打響手指。明明只是如同水泡破裂的輕微聲響，這個動作造成的變化卻比星辰運行更為劇烈。

原本坐在王座上的蕾蒂西亞一回神，才發現自己已經移動到浮著空中城堡的半空中。

然而變化不只如此。

空中城堡被熊熊燃燒的烈焰包圍，附屬城區也被戰禍吞噬。

這種情況並不是她被轉移到空中，轉移的不是地點。

（這是時空轉移……？不，不對！這是在模仿記憶中的場景……是追憶的恩賜遊戲嗎？）

出乎意料的遊戲內容讓蕾蒂西亞大吃一驚。

這不是召喚出舞台的遊戲，而是以某個人實際體驗過的記憶作為題材，為了找出歷史上的錯誤和矛盾而進行的追溯回憶式恩賜遊戲，下方正在怒吼發狂的巨龍就是證據。蕾蒂西亞透過經歷了吸血鬼末日的某個人，看向成為巨龍的自己。

（這就是巨龍……？）

飛上天際即可吹散雲海，張開大口即可吞噬山河，巨龍正是棲息於神話中的最強力量化為實體顯現。

但是，這到底是誰的記憶？這一天，挺身反抗巨龍的只有吸血鬼一族——

「——**姊姊大人**！戰鬥已經結束了！請您息怒吧！」

（嗚……！）

懷念又熟悉的聲音傳進蕾蒂西亞的耳裡。

不——正確來說，是蕾蒂西亞正在追溯回憶的宿主發出了聲音。

宿主甩著散亂的美麗金髮，身上禮服也出現長達胯下的裂縫。可以看到她的右手戴著印有王族浮雕的手套。

面對憤怒失控的巨龍，宿主駕馭騎龍勉強閃避，然後悲痛大叫。

「姊姊大人！您認不出我了嗎！——姊姊大人！」

身為公主，向來被當作溫室花朵呵護的宿主手中握著鮮少操控的韁繩。雖然她在搖晃的騎龍身上拚死訴說自己的存在，卻無法傳達給因為憤怒而失去自我的蕾蒂西亞。

閃耀的黃金長髮，刻著王族家紋的服裝。

蕾蒂西亞不可能認不出擁有這些的女孩是誰。

過去仰慕自己，自己也極為珍視的唯一手足。

（難道說……怎麼會……！）

沒錯——這正是拉彌亞·德克雷亞經歷過的……吸血鬼一族的末日記錄。

「恩賜遊戲　　——『Blonde My fair lady』——

·規則概要：

①參賽者得以挑戰遊戲無數次，直到承認敗北為止。

②由參賽者來裁定要把哪一項條件定義為勝利（後述）。

③這場恩賜遊戲保證『一切都是歷史上的事實』並以此作為大前提。

·參賽者方勝利條件：

①拯救拉彌亞·德克雷亞。

②拯救吸血鬼一族。

③明白墮為魔王的深重罪業。

宣誓：

基於名號與旗幟，發誓上述遊戲內容公平正當。　『Arcadia』　印」

＊

巨龍的咆哮震撼了空中城堡，光是飛翔就能驅散雲海的模樣正符合神話中描述的形象。再加上後續出現了凶惡的「主辦者權限」規則，協助革命的吸血鬼一族在二十日後全數死亡。

儘管被稱頌為「箱庭騎士」，要在少了王族和主力的狀態下對抗最強種還是超出他們的能力負荷。因為缺少共同體的主力就等同於失去媲美大軍的戰力。

叛徒們接連被巨龍咬碎、壓爛，或是遭到落雷劈死。明白毫無勝算的其他人爭先恐後地逃走，然而蕾蒂西亞發動的「主辦者權限」不會放過這些背叛者。

活下來的吸血鬼們看完從空中撒下的黑色「契約文件」後，紛紛戰慄不已。

「恩賜遊戲　——『SUN SYNCHRONOUS ORBIT in VAMPIRE KING』——

・參賽者一覽：

・被獸帶捲入的所有生命體。

※遇上獸帶消失的情況時，將無期限暫時中斷遊戲。

・參賽者方敗北條件：
・無（即使死亡也不會被視為敗北）。
・參賽者方禁止事項：
・無。
・參賽者方處罰條款：
・將針對和遊戲領袖交戰過的所有參賽者設下時間限制。
・時間限制每十天就會重設並不斷循環。
・處罰將從『穿刺刑』、『釘刑』、『火刑』中以亂數選出。
・解除方法只有在遊戲遭到破解以及中斷之際才得以適用。
※參賽者死亡並不包含在解除條件之內，將會永久地遭受刑罰。
・主辦者方勝利條件：
・無。

·參賽者方勝利條件：

一、殺死遊戲領袖『魔王德古拉』。

二、殺死遊戲領袖『蕾蒂西亞·德克雷亞』。

三、收集被打碎的星空，將獸帶奉獻給王座。

四、遵循以正確形式回歸王座的獸帶之引導，射穿被鐵鍊綁住之革命主導者的心臟。

宣誓：尊重上述內容，基於榮耀、旗幟與主辦者權限，舉辦恩賜遊戲。

『　　　　　　　　』印」

唯一活下來的王族——拉彌亞・德克雷亞反覆閱讀羊皮紙上的內容，臉色和嘴唇都整個發青。

「怎……怎麼會……！召喚那隻巨龍的是姊姊大人嗎……！」

拉彌亞乘著騎龍，聲音不斷顫抖。自己外出時到底發生了什麼事？她握緊韁繩驅策騎龍前進，從上空看向附屬城區。

屍山血河幾乎淹沒了整個城鎮。

大部分屍體都從口中吐出內臟，像是被巨大的木樁擊中身體。想必是起因於蕾蒂西亞設下的凶惡遊戲規則。

然而在各式各樣的屍體中，拉彌亞發現有些屍體如同紅黑色的焦炭。

（這是……太陽光造成的傷痕……！難道空中城堡正上方的箱庭大帷幕被打開了……？）

一旦受到太陽光直射，就算是強韌的吸血鬼一族也支撐不了多久。拉彌亞已經聽說是發生了叛亂，但是沒想到對方會做出卑劣至此的手段。

然而無論是基於何種理由，墮落為魔王後就無法得救。

那麼，至少要由身為王族的自己來阻止親姊姊。拉彌亞・德克雷亞用力咬緊嘴唇，重新握緊騎龍的韁繩，靠近狂怒的巨龍。

「——姊姊大人！戰鬥已經結束了！請您息怒吧！」

拉彌亞發出悲痛的叫聲。可是她的呼喚只是白費力氣，巨龍依然咆哮著繼續破壞。拉彌亞被振動的空氣逼退，和騎龍一起轉著圈被彈飛了出去。

她的美麗金髮已經完全散亂，裂開到大腿根部的禮服隨風擺盪。

一名吸血鬼發現了拉彌亞，滿頭大汗地把騎龍靠了過去。

「拉彌亞殿下！您沒事嗎！」

「卡拉！這是怎麼一回事！」

「我比您更想問這個問題！原本聽說拉彌亞殿下您也和前任陛下一起遭了叛賊的毒手，倖存下來的我們正不知道該怎麼辦才好……！」

卡拉的女僕服已經在激烈的戰鬥中變得破爛不堪。

從敵人身上反濺回來的大量血跡足以顯示出她多麼勇敢善戰。

如果沒有身為遊戲掌控者，劍術實力在吸血鬼一族當中又是數一數二的卡拉，倖存下來的吸血鬼們恐怕已經分崩離析。

「是嗎……謝謝妳，卡拉。辛苦妳在這種緊急事態中守住了吸血鬼一族，明明指揮大家原本是我必須負起的責任。」

「這些話我真是承擔不起。不過，拉彌亞殿下您之前究竟是去哪裡了？」

「為了對抗『敵托邦魔王』，我以密使身分去拜會了東歐神群。」

「東歐神群？是斯拉夫系嗎？還是拉丁系？」

「是拉丁神群。聽說他們那裡出現和我等屬於不同體系的吸血鬼，因此我前去確認詳情。

由於對方要求請務必保密所以安排了替身……不過根據妳剛剛的發言，擔任替身的女孩已經代替我被殺了吧……」

拉彌亞把手放在胸前，看起來非常悲痛。

卡拉也遺憾地閉起眼睛，只是現在沒有時間追悼死者。

「拉彌亞殿下，我知道您心中難受，但是我們不能浪費替身幫忙保住王族血脈的功績。本來應該以追悼儀式來加以表揚……不過如果殿下真的要感謝那個代替您犧牲的女孩，現在必須立刻逃往安全的地方。」

「咦……我……我怎麼可能那樣做！妳要我丟下姊姊大人逃走嗎！」

「可是目前事態緊急！無論有什麼理由，蕾蒂西亞大人墮為魔王的事實都不會改變！吸血鬼王族中一旦出現魔王，一族累積至今的功績恐怕會全數化為泡影！那樣真的沒關係嗎！」

卡拉充滿氣勢的發言讓拉彌亞無言反駁。

光是一族當中出現魔王已經是嚴重的汙名，更何況蕾蒂西亞還是王族，毫無疑問會化為瞬間傳遍箱庭的醜聞。那樣一來，吸血鬼一族等於徹底完了。

無論如何，絕對不能讓眾人……讓蕾蒂西亞和大家一起辛苦累積的血之功績遭到貶低。

目前以「敵托邦魔王」為首，各地的魔王勢力都越來越為猖獗。所以守護整個箱庭的護法組織——「階層支配者」制度的制定是比任何事情都優先的當務之急。因為畏懼魔王的萬千居民長久以來都殷切期盼，希望能在聚集了修羅神佛的這個諸神箱庭裡施行法律制度。

「拉彌亞殿下，我必須請您多加忍耐。若是沒有您，倖存的吸血鬼們將會流離失所，甚至有些人恐怕會墮入魔道。既然蕾蒂西亞大人現今成了這副模樣，只剩下您能夠引導民眾。」

「……嗚……！」

拉彌亞把嘴唇咬到出血，靠著自己的血液才恢復冷靜。

所謂的王族並非是單純的執政者或力量特別強大的存在，而是能匹敵旗幟的組織象徵。權威隨著連綿不絕的血脈持續至今，一旦失去就再也無法復原。

「拉彌亞大人……請您下決斷吧。」

「……雖是萬不得已，但是請帶我去見大家吧。」

拉彌亞點了點頭，勉強擠出這句話。在目前的情勢下，這是她唯一的選擇。

「殘存的族人在地上設置了營地，觀察巨龍的狀況。和逆賊的戰鬥讓眾人的身心都非常疲憊，不過只要知道拉彌亞殿下還活著的消息，大家肯定能重振精神。我知道您很痛苦，只是現在還請保持堅強。」

卡拉握起拳頭鼓勵拉彌亞。她本人想必也相當疲勞，卻完全沒有表現出來。

拉彌亞用力拍打臉頰激勵自己振作起來。這本來就是她身為王族應負的責任，長年接受公主教育的自己雖然沒辦法如戰士般英勇殺敵，卻可以在正式場合挺身領導同志。

拉彌亞看了巨龍一眼——最後，回頭眺望空中城堡。

「——請您等我，姊姊大人。我一定……一定會回來救您……！」

留下誓言後，兩名吸血鬼遠離巨龍而去。

巨龍發出更激烈的咆哮，響徹天地。

拉彌亞的誓言被咆哮聲蓋過，終究沒有傳進蕾蒂西亞的耳裡。

*

以結論來說……兩人的推測都過於天真。

形容吸血鬼一族的苦難反而自此才正式開始的說法並不算誇大。

因為箱庭的詩人們得知吸血鬼王族墮落為魔王後，紛紛為了得到好題材而慶賀，甚至開始利用詩歌讓軼聞在箱庭各地萌芽。

——吸血鬼是食人的妖怪。

——吸血鬼不老不死。

——吸血鬼是串刺魔王。

詩人們創作的詩歌瞬間流傳開來，甚至侵入了外宇宙（異世界）。在某些世界，「吸血鬼是連屍體也照吃不誤的食人種」「吸血鬼是怪物的起源」等紀錄甚至狂熱到已經成了人們的既定印象。

拉彌亞以王族身分拚命想更正這些醜聞，然而箱庭裡沒有幾個人能阻止認真起來的詩人。

吸血鬼被無數的醜聞攻擊，他們規劃在東西南北區各自任命守護者的「階層支配者」制度也遭到暫時擱置，改為編組一個對抗魔王的組織作為替代方案。

為了壓制越來越強大的魔王們，這個組織召集了有名神群中的武神，設立他們各自職掌的方位，形成司掌十二方位的混合神群「護法神十二天」。

這些人就是後來被稱為天軍的最強武神集團。

但是他們只是專職戰鬥的武神，和吸血鬼的理想……也就是「下層共同體的繁榮」並沒有直接關係。

倖存下來的吸血鬼們一開始也充滿幹勁地提出異議，世間對他們的反應卻總是極為冷漠。蕾蒂西亞．德克雷亞墮為魔王的事實一直讓吸血鬼們身陷重重逆境。

在這種逆境中——拉彌亞總是不斷地訴說同一句話。

「——姊姊絕不是詩人口中的那種怪物」。

她有時激動，有時冷靜，有時帶著達觀，持續為了昭雪姊姊的汙名而努力。然而這只不過是無意義的行為，甚至造成了反效果。

畢竟詩人撰述故事時並不講求正確性。

因為他們的詩歌「**會成為過去的真相**」。讓無限擴展的異世界匯聚後進行改變，卻不會留下曾經改變歷史的記錄，這就是第四最強種的力量。

而且最糟糕的是……詩人基本上都順從自己的快樂行動。

平常懶得行動茫然度日，一旦獲得有趣的題材就會罔顧善惡製作詩歌。這樣的詩人們決定對吸血鬼這個題材加油添醋，因此吸血鬼的醜聞立刻化為傳說，同時升華成事實。

只要把所有罪業和詛咒都推給蕾蒂西亞，吸血鬼一族大概還會留下復興的機會。然而倖存的吸血鬼們並不願意那樣做。

「——姊姊……絕不是詩人口中的那種怪物」。

詩人們繼續歌唱，彷彿是在嘲弄試圖為敬愛姊姊保住名譽的拉彌亞，也像是在取笑整個吸血鬼一族。對他們來說，這種犧牲奉獻的態度想必正是最美味的下酒菜。

身為王族的拉彌亞承受的詛咒多不勝數。從西歐到極東，不分東西廣泛擴散流傳，導致所有以吸血鬼為出典的傳說主權全都落到她的身上。即使如此，拉彌亞仍然繼續訴說。

「——姊姊……絕不是詩人口中的那種怪物……！」。

拉彌亞忍著幾乎奪眶而出的淚水，殷殷訴說著同樣的話語。溫柔高潔的姊姊被人那樣侮辱，實在讓她悲傷得不能自己。

為了守住姊姊的威信，拉彌亞連原本會由蕾蒂西亞承受的詛咒也全數主動扛起，最後獲得了匹敵數億魔神的恩惠（詛咒）。

若非透過「全能悖論」這個悖論遊戲（Paradox Game）封印靈格，她的力量甚至有可能超越全能領域。

但是，拉彌亞付出了非常巨大的代價。

她潔白美麗的肌膚長出鱗片，寶石般的雙眼失去光芒——還成為一旦懷孕，就會不由自主地吃掉自己孩子的怪物。

對於王族來說，這種食子的詛咒極為致命。

因為既然最後的王族受到這種會吃掉親生小孩的詛咒，等於吸血鬼一族已經被迫斷絕。結果，一族解散了共同體，倖存者找了個隱密地點低調過活。為了保住王族的血脈，拉彌亞沒有其他選擇，只能封印自己以免對肚裡孩子痛下毒手。

以自身承擔整族詛咒而成了怪物的這位公主在封印即將完成之前——這輩子第一次詛咒這個世界。

「盛衰榮枯……吸血鬼一族的滅亡也是命運。但又何必——一定要以這種方式滅亡？」

為了大眾正義盡心竭力的一族，卻被醜聞和嘲笑的漩渦吞沒消失。

拉彌亞因為這無情的結局而落下一滴眼淚。

她總覺得必須糾彈世上一切，質問世人這種事情是否為善，否則無法甘心。然而現在的拉彌亞一旦做出那種行為，顯然會造成新魔王誕生。

要是連續兩人都墮為魔王，那些低調生活的吸血鬼倖存者恐怕也會遭到惡名糾纏。

身為最後的王族，拉彌亞想盡力避免那種事態。她雖然是沒能履行任何一個王族義務的愚王，但是至少要盡到這點責任。

因此拉彌亞吞下攪亂內心的所有苦澀，把自己封進無間地獄。

以五臟六腑來強忍著萬千怨懟——祈禱一族能夠獲得諸多幸福。

吸血鬼的茶會 尾聲

啞口無言——……蕾蒂西亞睜大雙眼，一動也不動地呆站著。

先前的威嚴已經蕩然無存。雖然她還是站著朝向正面，但是睜到最大的紅玉雙眼卻沒有映出任何事物。

那到底是幾千年以來的歷史？

沒有任何榮耀的光輝，只是不斷累積著屈辱和苦悶。一千年過去，兩千年過去……蕾蒂西亞被迫持續觀看著這樣的歷史，最後靈魂才回到王座上。

遊戲的實際舉辦時間恐怕不足剎那，最先映入蕾蒂西亞眼裡的金絲雀看起來和發出開始宣言的那瞬間沒有任何不同。

站在蕾蒂西亞對面的金絲雀明明注意到她的視線，卻刻意保持沉默。

蕾蒂西亞就這樣不發一語地呆站了五分鐘以上——最後握緊拳頭，以顫抖的聲音發問：

「……剛剛的是**什麼**？」

「哎呀，必須從這部分開始說明嗎？這是妳第一次參加追溯回憶式的歷史遊戲？」

「我知道那是什麼，但是剛才的遊戲並不是追溯回憶。我實際感覺到的時間——內宇宙與外宇宙的蓄積時間有差異，不可能有這種追憶遊戲。」

蕾蒂西亞裝出冷靜的態度，追究遊戲的真偽。先不論事情對錯，先前的遊戲讓她受到很大的衝擊。因此蕾蒂西亞避開內容，直接質疑遊戲本身的錯誤，畢竟確實有許多可疑之處。

既然這是所謂的追溯回憶，必須照實重現出身體和靈魂兩方承受過的經驗才有意義。這是因為如果只是知道歷史上發生了什麼事，就等於把知識堆在腦裡而已。

追溯回憶式遊戲原本被應用在武術傳承等方面，根據其特性，體驗的追想時間和實際的耗費時間將會一致。因為「累積靈魂經驗的內宇宙」和「在物質界流逝的外宇宙」雙方的經驗時間一旦產生落差，就表示導致這現象的行為牴觸了「遊戲製作違反時間虛報」這項目，也會被召集到時間悖論遊戲裡。

「所以，我要再問一次。先前的遊戲是什麼？妳為什麼要拿虛偽的歷史來欺騙我？」

蕾蒂西亞講到最後這句話時，語氣特別強烈。這下金絲雀終於明白她質問的意圖。

「噢，原來如此。畢竟妳剛知道自己妹妹碰上那種事，難怪會對遊戲的真偽挑三揀四——不過很遺憾，遊戲說明裡已經寫得很清楚了吧？『保證遊戲內發生的一切都是歷史上的事實』，這句話足以解釋一切。」

「別胡說八道！」

蕾蒂西亞的靈格瞬間膨脹，恫嚇金絲雀。

轉眼間龍之遺影已化為千之槍，逼近金絲雀的脖子。蕾蒂西亞的紅玉之瞳正在暗示，只要金絲雀下句話沒有乖乖否認，自己就會毫不遲疑地把她刺穿。

——其實冷靜思考，會發現金絲雀的發言顯然有值得深思之處。

只要忽略時間上的矛盾，先前的遊戲無疑是追憶體驗。

不過蕾蒂西亞立刻放棄了那種假設，並非予以否定，而是直接放棄。仔細一看，她的嘴唇發青，指尖顫抖，眼神陷入恐慌。這也是理所當然……因為只要她剛才體驗過的歷史全都是事實……

就代表貶低妹妹——貶低族人的犯人，正是蕾蒂西亞本人。

她的內心難以承受那種事實。

「給我老實招來！為什麼試圖欺騙我！妳的目的是名聲嗎？還是哪個人指示妳這麼做！」

「我沒有欺騙妳啊。先前的遊戲只是使用了『模擬創星圖（Another Cosmology）』的預設（default）功能，稍微更動妳身體度過的一秒定義，讓世界的剎那在妳的身體裡延長為千年而已。這個力量本來是為了在不改變能源的情況下改變加速度——**例如這樣**。」

金絲雀稍微把手腕往下彎，隨即響起空氣被劃破的聲音。

同時，一個小碎片從蕾蒂西亞的臉頰旁邊掠過，而且速度非比尋常。那碎片以隨便就可匹敵第一宇宙速度的高速飛了過去，撞到王座上發出「叩」地一聲掉了下來。

蕾蒂西亞雖然激動，卻不代表沒在思考。她很快理解造成這個現象的力量是何等不可思議的神祕。

「不……不可能……！並非直接讓物質加速，而是更改一秒的定義藉此加速物質……！那種事怎麼可能……」

「哎呀？這種事情沒有那麼罕見吧。例如在埃及神群的宇宙論（Cosmology）中，光是氧氣的重量就已經和外宇宙不同。箱庭也是一樣，這裡有『不必消耗氧氣就能燃燒的寶珠』、『只靠來自葉子的氫氣就可以製造出大河的大樹』……無視物質界法則並顯現的這一切全都是因為宇宙論的規則和外宇宙不同才能夠存在吧？我只是做出了類似的事情……不過呢，我手上的東西還只是設計圖階段而已。」

金絲雀愉快地以唱歌般的聲調回答，然而和她對峙的蕾蒂西亞無暇顧及那些。

所謂的宇宙論就是神群的奧祕，位處遠比全能領域更高階的位置，是一種連主神們也無法出手的禁忌之力。

但是眼前這個女人卻說她「正在製造」能匹敵宇宙論的力量。如果她真的擁有那麼強大的力量，自然可以消除蕾蒂西亞感覺到的矛盾。

「……那麼……先前的遊戲……」

「沒錯，原汁原味也沒有任何雜質，就是妳妹妹經歷過的吸血鬼滅亡記錄。」

在這次問答之後，蕾蒂西亞接受了事實。

千之槍落到地板上撞出清脆聲響。

蕾蒂西亞也癱倒般地坐回王座上。原本就欠缺血色的嘴唇整個泛白，雙眼徹底失去光彩。她把一隻手撐在椅子的扶手上，用雙手掩住臉孔，眼前浮現出妹妹全身長出鱗片的醜陋扭曲模樣。

過去那麼美麗的金髮褪成白色，乾枯黯淡如同大蛇。

曾經惹人憐愛的紅唇歪曲地裂至耳邊，露出銳利尖牙。

就算受到醜聞攻擊失去美麗容貌，妹妹依舊為了一族和王族而奮戰。

明明她只要聽從那天出現的詩人建議，把一切詛咒推給蕾蒂西亞就能脫身……然而拉彌亞和族人卻偏偏那麼傻地試圖保住她這個魔王的名譽。

「——姊姊絕不是詩人口中的那種怪物」。

寄託著信賴，重複訴說過無數次的話語。

對於那些嘲笑他們的人，蕾蒂西亞當然感到憤怒……但是她更不能原諒的是自己。因為導致吸血鬼一族滅亡的人並非那些叛徒，而是自己這個蒙昧魔王做出的愚蠢行徑。

「……啊……嗚……！」

蓋住臉頰的手掌被水滴沾濕。這並不是以前那樣的悲傷淚水，而是悔恨的眼淚。蕾蒂西亞無法以其他形式來表現心中的感情，只能化為淚水流出。

不斷湧出的後悔完全無法以言語表達，所謂的筆墨難以形容正符合現況。蕾蒂西亞連自己該找哪個人，針對什麼事情，以何種方式謝罪多少次都不明白。如果能以死補償，她願意死上一百萬次。可是，蕾蒂西亞根本不認為憑自己能夠補償什麼。

她希望受到哪個人的責備，希望受到哪個人的制裁。

然而連這種想法都是對自己的寬容……靠過來的金絲雀如此指責。

「很遺憾，這世上並沒有能制裁妳的法律，也沒有任何人能裁定妳的罪業。因為有權制裁妳的國家已經不存在了。」

「——……」

共同體一旦從箱庭中消失，名號就會跟著消滅，效果甚至波及過去。就是因為這樣，蕾蒂西亞的「契約文件」上才會少了組織名號。

「……妳真傻。當初根本不應該報仇，也不該墮為魔王。就算家人遇害，民眾遭到殘殺，如果妳能為了倖存下來的同伴們強忍悔恨——說不定吸血鬼一族能夠成就最後的傳說。」

結果，做到這件事的人並非蕾蒂西亞．德克雷亞。

而是身為妹妹的拉彌亞．德克雷亞。

她以五臟六腑來壓抑吸血鬼受到的萬千怨懟，陷入永久的沉眠。

「……我該怎麼辦？」

「我怎麼可能會知道答案。不過我可以反過來問妳，妳自己想怎麼做？」

咦？蕾蒂西亞驚訝地抬起頭，這個反應倒是讓金絲雀比她還吃驚。

「我自己……想做的事？」

「對，因為我的目的已經達成一半。想知道的事情在探索王墓時就入手了，現在可以隨隨便便答應幫忙……啊，我的目的不是盜墓，妳可別誤會。我去王墓只是為了安葬令尊令堂的遺骸而已。」

「父親和母親的……但是，他們被太陽光燒成灰燼……」

「是啊，所以我把附著灰燼的城牆挖下來，祭弔了一番。畢竟繼續那樣放著也太可憐了，不過我不清楚當時的吸血鬼信奉什麼宗教，所以只有舉辦刻上名字的簡略儀式……我是不是多管閒事了？」

金絲雀有點不安地提問，大概是覺得自己做了多餘的行動。

然而蕾蒂西亞卻瞪大雙眼，受到不同於先前的衝擊。

——她的父母被釘在城牆上，慘遭太陽燒灼而死。灰燼成為汙漬附著在城牆上，直到現在。

這種處刑方式讓死者無法被安葬，就像是在剝奪他們的尊嚴。

……至少，蕾蒂西亞是這麼認為。

但是眼前的這個女人卻收集了父母的遺骸，將他們視為王族追悼，幫忙把遺骨安葬到王墓裡，還讓父母的名字能夠和過去的王族們並列。這種行為也代表她並不是把吸血鬼當成怪物，而是視為有智慧的種族來安葬。光是這一點，就可以確實感覺到這個人跟那些把吸血鬼當成玩具的詩人們並不一樣。

自己實在是愚蠢到無可救藥。既然有時間睡覺，至少可以讓同志們一個個好好地入土為安。

仰望天空的蕾蒂西亞慢慢地從王座上起身，以平靜態度表達謝意。

「我打從心底感謝妳代為安葬父親和母親。感恩不盡，金絲雀小姐。」

「不客氣。那麼，還有其他我能幫忙的事情嗎？」

「有，不好意思可能要讓妳多費點功夫，不過我希望能把其他同伴的遺骸也安葬起來……那個……可以麻煩妳嗎？」

「嗯，這點小事我很樂意幫忙，只是我這邊也有件事情想拜託妳，可以嗎？」

金絲雀笑容滿面地發問，反而是蕾蒂西亞有點猶豫。

現在的她無法離開空中城堡，根本沒辦法實現多少請託，頂多只能把自己的項上人頭和城堡送給對方作為報酬大概就已經是極限。

「金絲雀小姐是代我安葬父母的恩人，如果有自己能辦到的事情，我是很想答應……」

「好，這就是答應了！既然已經定案，我們趕快行動吧！大家都在準備！」

金絲雀才剛說完這句話，隨即拉起蕾蒂西亞的手，衝出王座廳。明明現在的蕾蒂西亞只不過是擁有個人意志的靈體，這個人似乎連這種事也不放在心上。

「妳……妳等一下！喂！」

「獲得美女獲得美女♪還得找個時間介紹給大聖姊♪」

金絲雀心情好到幾乎快哼起歌來，一股腦地往前衝。突然被拉著走的蕾蒂西亞只能不知所措地跟在她後面。

她們通過王座廳通往外部的長迴廊，繼續快步穿越中庭。從通往附屬城區的大門出城後，可以看到上次一起前來的寧芙少女「歐律狄刻」蹲在火堆前等待。

她本來在眺望星空，一發現兩人就鼓著雙頰大叫：

「小雀妳好慢！我這邊早就準備好了！俄爾甫斯好不容易才透過『阿爾戈號』的關係去跟赫拉克勒斯借來主權，差點就要浪費了！」

「抱歉，歐利。這邊談得比較久，可是我確實泡妞成功了，原諒我吧。」

「……泡……」

——泡妞？所以剛剛那些是泡妞行動嗎？

蕾蒂西亞越來越搞不清楚到底怎麼回事，只能歪著腦袋。

歐利和金絲雀兩人舉起手擊掌，興奮地聊了起來。

「不過太好了，這下『Arcadia』的戰力應該算是充足了？」

「怎麼會充足呢，目前還是準備階段，和那傢伙的決戰還早得很……只是吸血鬼的血液情報是不可或缺的東西，這次算是有了進展。接下來還得把新同伴介紹給大家——」

「等……等一下！妳們到底在說什麼！」

「……？我在報告蕾蒂西亞妳成了同伴啊。」

「請多指教，新人！」

歐利的雙手都比出V手勢。蕾蒂西亞完全講不出話，因為她壓根沒想到這兩個人在打這種瘋狂的主意。

「我……我很感謝兩位的邀請……不過正如妳們所知，我現在是魔王之身。知道我身分的人恐怕會感到不愉快……」

「是嗎？那要試試易容嗎？例如歐利在用的裝年輕套組如何？」

「哦？小蕾也要變成幼女嗎？要變成蘿莉嗎？我們乾脆組團吧？」

「不，所以說，這不光是外表的問題！我是魔王啊！只要遊戲尚未被破解，我就不可能離開此地！妳們到底懂不懂？」

「我們懂啊。」

「所以才要先做準備嘛。」

兩人輕描淡寫地發表勝利宣言，彷彿只是要闖進朋友家把遊戲盤掀翻，讓蕾蒂西亞更是啞口無言。看在不知道遊戲詳細破解方法的她眼裡，她們的發言只能用蠻勇來形容。

或許是從蕾蒂西亞的表情上察覺出她的想法。

金絲雀露出淘氣的笑容，拿出「契約文件」。

「其實也沒必要破解，妳看這裡有寫吧？『遇上獸帶消失的情況時，將無期限暫時中斷遊戲』。」

「妳知道獸帶就是指天之黃道，也就是『zodiac』嗎？」

「我……我知道，因為這隻巨龍也是以太陽的編號外主權作為媒介。然而我不確定具體上該怎麼……」

「所以說，沒必要想那麼多。因為——」

金絲雀和歐利兩人憋著笑，然後伸手指向滿天的繁星，同時高聲宣告。

「——只要把十二星座一個個打下來就好了——！」

＊

一顆星星閃出光芒，以平滑軌道劃過天空。這大概是開幕的信號。

收到開啟夜幕的信號後，黃金色流星開始在夜空中閃耀。

流星的數量並非只有一兩顆，而是彷彿能遮蓋整個天空的一大片流星群瞬間發出媲美太陽光的燦爛光芒，一顆顆滑落消失。

獅子座、巨蟹座、射手座都毫不吝惜地捨棄構成自身的群星，逐漸瓦解。在第六個星座消失的同時，巨龍也放出黃金光芒並化為霧氣散去。然而從巨龍身上溢出的光芒籠罩住蕾蒂西亞，她的肉體開始出現。久違的溫暖肉體讓她有點困惑，然而和天上的異變相比，這種事情根本不算什麼。

居然擊落黃道十二宮，完全不是正常的行為。更不用說除非擁有主權，否則就算是全能領域的人們也無法撼動箱庭的星系。

換言之，眼前的女性能夠讓擁有太陽主權的人們配合她行動。

「金……金絲雀小姐……妳到底是……」

「哦哦！真是絕景！要是每年都來一次，說不定大家會很開心！」

「贊成！幫新的流星群取名後，我就去問問俄爾甫斯！」

兩人望著星空興奮大叫。蕾蒂西亞忍不住懷疑自己是不是為了舉辦這場活動而遭到利用，不過追究此事毫無意義，她決定放棄思考。

即使抬頭望向黃金色流星群，蕾蒂西亞還是帶著一臉憂鬱表情喃喃開口。

「可是……就算現在獲得解放，我身為魔王的事實仍舊不會改變。明明像這樣得到自由，我還是不知道究竟該做什麼……」

「妳真的很傻耶。既然獲得機會，不管妳是想重振吸血鬼一族，還是要努力再次推動『階層者制度』都行，隨自己喜歡去做不就好了？」

「對啊對啊！尋找解除吸血鬼公主身上詛咒的方法可能也很有趣喔！」

蕾蒂西亞猛然抬起頭。沒錯，拉彌亞並不是死了，只是在無情詩人的詛咒下成了怪物。如果能拜託明知事理的詩人出借力量，歌頌新的功績並寫下英雄譚……或許可以找到拯救妹妹的機會。

「……妳願意協助我嗎？」

「反了，是妳要協助我們。然後將來某一天……嗯，雖然大概還要很久，不過我總有一天會幫忙你們歌頌新的英雄譚。這就是所謂的 Give and Take。」

「可……可是……像我這樣的魔王，能夠做到那種事嗎？」

先前的追憶體驗在蕾蒂西亞的內心落下陰影。那幅景象就是如此悲慘——然而，那種事情和這個女性沒有任何關係。

金絲雀摟住蕾蒂西亞的肩膀，眼裡浮現不輸給星光的強大意志。

「——**妳太囂張了**，少在那裡囉哩囉嗦。我會讓妳作場美夢，閉上嘴跟我來就對了。」

「什麼……」

「還有，禁止妳叫我金絲雀小姐，我一直覺得聽起來怪彆扭的，同伴之間不需要敬稱。妳也放輕鬆吧，因為我想……彼此以後一定會維持很長的交情。」

金絲雀眨了眨一邊眼睛。

蕾蒂西亞再度啞口無言。聽到這些不允許任何反駁的堅定言論，她只能面帶苦笑像是已經放棄。正如金絲雀所說，兩人之間的交情恐怕會長長久久地持續下去。

——不過呢，蕾蒂西亞當時並沒有預料到會長久到那種地步。

既然被這樣的人耍得團團轉，自己也不能隨便就落入悲觀想法裡。

金絲雀踩著小跳步回過身，詢問蕾蒂西亞今後有什麼計畫。

「所以，妳接下來要怎麼辦？如果妳想去吸血鬼的村落，我可以陪妳一起過去。畢竟必須報告一下妳的遊戲已經中斷。」

「噢，我確實想拜託妳這件事，不過……」

蕾蒂西亞講到一半突然停下，接著沉思了一會兒，才看著流星喃喃說道：

「……首先，還是來學習泡紅茶的方法吧。」

「紅茶？」

「嗯。因為在解除詛咒之後，我如果還是連紅茶也不會泡，感覺會被妹妹斥責。」

這是以前和妹妹約定的承諾。為了實現承諾，蕾蒂西亞表達想要往前邁進的意志。

而且她還帶著微笑發誓，等到斗轉星移——彼此終於再會之時，自己要泡一杯能夠慰勞所有辛苦的紅茶來迎接妹妹。

後記

各位好久不見了，我是竜ノ湖太郎。

這次非常感謝您拿起這本唬人的現代風異世界衷心誠意奇幻作品《問題兒童都來自異世界第二部　問題兒童的最終考驗5》。這麼長一串前言只是為了騙字數，請不必放在心上。

《問題兒童的最終考驗》第五集又讓大家久等了，實在非常抱歉。

為了配合問題兒童系列動畫版的馬拉松連播和廣播劇等有趣企畫而做了一些調整，結果就推遲了不少時間。

最近已經來到「不必附上特典ＣＤ等贈品也可以讓讀者聽到廣播劇」的時代了……我覺得很感慨。

話雖如此，應該有很多讀者對這個系統還不是很了解。

所以我想借此機會來介紹一下如何收聽廣播劇的步驟！只要看過以下步驟，就連我這種會立刻丟掉書腰的人也能夠安全地聽到廣播劇！（註：此為日版限定活動）

絕對不是因為新人編輯那傢伙要求我「兩小時內要寫完後記」才用這些內容湊數，請各位不要見怪！

廣播劇的播放步驟：

步驟① 拿起《問題兒童的最終考驗》第五集的**書腰**。

步驟② 找出藏在書腰某處的黑兔。

步驟③ 找到黑兔後用手指戳她三次，或是五次也可以。

步驟④ 然後只要仔細看，會發現黑兔旁邊應該有ＱＲ碼。

步驟⑤ 讀取ＱＲ碼後，就會開啟可以收聽廣播劇的網站。

這些就是完美的執行步驟。動畫版播映至今已經過了很久，不過這次的廣播劇裡除了十六夜、飛鳥和耀三人，還有金絲雀和蛟劉也請了配音員擔綱演出。

希望對這方面沒興趣的讀者也能撥空去聽聽看由各位配音員精彩演出的廣播劇。

那麼，關於這次特稿的短篇〈Trouble File〉。

還請各位仔細體會一下在《問題兒童》第一集裡，十六夜特地去看「世界盡頭」的意義。

Trouble File 前篇

Last Embryo

名字被奪走。

家人被奪走。

連土地也被奪走的他，在寄身的庇護處裡如此稱呼自己。

「我的名字——叫『Ishi（伊希）』」。

＊

——「東北的境界壁」。

大戰後的追悼儀式在舉辦過「火龍誕生祭」的紅牆城鎮進行。

為了讚頌所有參戰的共同體，他們的旗幟都在尖塔群的頂端隨風飄揚，其中有三面旗幟被掛在特別高的位置。

擁有紅底旗幟，打倒魔王阿吉・達卡哈的「No Name」。

不惜奉獻生命和靈格，爭取到勝利機會的「Will o' wisp」。

即使犧牲許多成員，依舊勇猛奮戰的「Salamandra」。

要是少了這些人的活躍，這次想必無法取勝。在追悼儀式的最後，「階層支配者」和各地的「地域支配者」紛紛表達謝意，並承諾會盡全力提供支援，協助眾人重建共同體。

等到戰死者的名字也被依序頌出，一切流程都結束之後。

「階層支配者」之一的「覆海大聖」蛟劉前往「No Name」住宿的旅社。

扛著棍棒的他來到旅社的茶室坐下，轉著肩膀嘆氣。

「哎呀，好久沒參加這麼嚴肅的儀式，真是憋得讓人難過。」

「喂喂，你這話太輕率了吧，起碼今天該哀悼一下。」

「那是我要說的話。現在是什麼狀況？想說來看看你們，結果這裡根本和宴會沒兩樣。」

蛟劉不以為然地指向茶室對面。

在旅社的大廳裡，正在舉辦不拘泥於東西方形式的宴會。桌上放有葡萄酒和簡單的餐點，旁邊的榻榻米和長桌則散亂著日本酒的酒瓶。

已經黑白不分地成了一團大混亂──不過，沒想到大家的反應還不錯。畢竟悼念死者雖然重要，活下來的人一直沉浸在悲哀裡也不是辦法。

實際上，為了療癒內心傷痛，確實需要酒精、美食以及能和其他人分擔痛苦的機會。

蛟劉和十六夜一起看著宴席，喝了口杯子裡的熱茶。

「不過啊……『No Name』居然所有人都活了下來，我原本還擔心你們可能會少一半人。」

「要是真少一半也不奇怪，沒死只是因為有很多人幫我們承擔了原本該付出的犧牲……不管是『Will o' wisp』和『Salamandra』都是那樣。」

十六夜把熱茶一口氣喝乾。他大概有什麼自己的想法，才會選擇不加入宴會而是待在這裡旁觀。

畢竟十六夜比任何人都清楚三頭龍並非靠自己的力量就能戰勝的對手，可能因此覺得沒有必要靠酒精麻痺痛苦吧。

像這樣靜靜追憶死者，傾聽其他人懷念他們的對話也──

「喂！你們聽說了嗎？在那邊桌子舉行的大胃王比賽裡，有個五連勝的女孩正在跟另一個體型巨大到誇張的壯漢單挑！」

「聽說是個短髮的十四歲女孩！」

「而且她好像在這次戰事中也十分活躍，到底是哪個共同體的人啊？」

「…………」

「…………」

…………算了，並不是只有懷想故人才算追悼。而且有不少文化會為了讓死者安心而舉辦宴會……一定有那種文化，但是大胃王比賽另當別論。

「哎呀，耀小妹倒是樂在其中。」

「春日部需要別的標準。因為那傢伙把吃看得比情懷更重要，不能一概而論。」

蛟劉哈哈苦笑幾聲，拿出摸來的日本酒。

「就是要這種時候才能喝出酒的某些滋味。怎麼樣，十六夜小弟你要不要也來一杯？」

「嗯，那就只喝一杯吧。」

十六夜讓蛟劉幫自己倒酒，然後稍微沾濕嘴唇淺嚐一口。

臉上掛著淺笑的蛟劉也模仿這個動作。

然而下一秒，兩人同時瞪大眼睛，開始確認這瓶酒的情報。

「……好喝，不，這也太好喝了吧？是哪個共同體提供的東西？」

「上面沒有記號，也沒有名稱和旗幟。」

兩人不解地歪了歪頭，在第二次舉杯時把酒一口氣全倒進嘴裡。

在嘴裡含滿一大口之後，純米酒的醇厚香味支配了整個胸口。

喝起來像是剛釀好的酒，不過十六夜對如此香醇柔和的酒卻是沒有半點印象。

可能是哪個出名的釀酒共同體提供給這次追悼儀式的東西，但是沒有名稱也沒有旗幟這點讓人有點在意。而且既然箱庭裡有能造出此等好酒的專家，連不是酒豪的十六夜也想認識一下對方，甚至有可能的話還想接受一下薰陶。

就在十六夜打算以視線詢問蛟劉這酒的來源時……

舉著一隻手打招呼的久遠飛鳥靠了過來。

「哎呀，十六夜同學。未成年的人居然違法喝酒，這樣不太好吧？」

「別說傻話，身為優等生的我怎麼可能違法。」

「你哪張嘴有資格講那種話？要是說太多謊，舌頭會被閻魔大人拔掉喔。」

「沒問題，妳也知道我有兩根舌頭。」（註：日語中「用兩根舌頭講話」是說謊的意思）

「這種行為也可以稱為強詞奪理。」

「哈哈，沒錯。」

十六夜呀哈哈大笑，飛鳥則是一臉無奈笑容。

一旁的蛟劉邊忍笑邊開口補充。

「好啦，箱庭的法律會隨著地區而有所不同。像這一帶只要能工作就會被當成大人，喝酒也不成問題。」

「……唉，我從之前就有這種感覺，箱庭是不是該找個機會好好制定法律呢？」

「也沒什麼關係吧？多虧現狀，我才能像這樣嚐到好酒。大小姐要不要也來一杯？」

看到酒杯遞向自己，飛鳥反射性地接下。

然後很有興趣地看著被倒滿的酒杯。

可能是想抵抗好奇心吧，她重重地咳了一聲。

「嗯哼！話……話說回來，你有看到春日部同學嗎？我從先前就在找她，可是一直沒找到。」

「噢，春日部她──」

「太……太厲害了！那兩個人終於把糧倉清空了！」

「是哪個共同體的人？」

「女孩子好像是『No Name』的人！」

「「「……」」」

三人都面露苦笑。

「春日部同學真是的……這裡名義上姑且是追悼會場，應該要自制一點。」

「好了好了，有什麼關係。畢竟我們總算成功打倒了魔王阿吉．達卡哈，死者們也會希望生者能笑著送行吧？」

蛟劉硬找了個說詞來打圓場。

這時，會場起了一陣騷動。

「喂，我記得那旗幟是……」

「不會吧……那旗幟不是『通風大聖』嗎？」

噗哈！蛟劉噴出嘴裡的酒。他立刻站直身子東張西望，剛好這時宴席正中央位置也有個體型高大到讓人必須抬著頭看的壯漢站了起來。

那個壯漢有一頭宛如野獸的亂髮，放任其生長的鬍渣，右肩還可以看到想必是旗幟的「通風」和「酒天」等文字。

剛剛還在跟這個人競爭食量的春日部耀嘴邊沾滿內餡，很不高興地往上看著壯漢。她鼓起雙頰把嘴巴擦乾淨，開口說道：

「……可惜。要是糧倉沒被吃空，我會贏。」

「嗯？妳還吃得下嗎，小姑娘！明明這麼嬌小卻很能吃！」

「要說的話大叔你才叫能吃，我以前在這類比賽中都沒輸過。」

「哎呀！我已經到極限了！對於有酒肚的我來說很辛苦啊！」

嘎哈哈！壯漢的粗野笑聲在場內迴響著。

蛟劉驚訝到忍不住跳了起來。

「老……老大哥！你是獼猴老大哥嗎！」

「嗯？——喔喔，蛟劉啊！好久不見了兄弟！你過得好嗎！」

「當然好！老大哥看你起來也很好！」

「通風大聖」踩著可以跨過一個人身體的步伐走向靠過來的「覆海大聖」蛟劉，拍了拍他的肩膀。

對於長期以「乾枯漂流木」心態過活的蛟劉來說，和義兄弟的再會想必比任何事都值得高興。他收起平常那種會讓人起疑的表情，換上彷彿回歸童心的笑容。

「通風大聖」看到蛟劉手上的酒瓶，很開心地指著酒瓶開口：

「哦？你也喝了我的酒嗎——覺得如何？我可是很有信心，自認今年的純米酒是很棒的傑作。」

「什麼啊，原來是老大哥那邊釀的酒嗎！難怪這麼好喝！」

「是吧是吧！喂！哪個人去拿新的酒！小姑娘妳也過來，咱們繼續比吧！」

「要比是可以，但我沒喝過酒。」

春日部耀歪著頭回答，「通風大聖」卻毫不在意地繼續叫人送上酒桶。

看樣子這次他想在自己擅長的領域戰鬥。

然而聽到「通風大聖」的名號，十六夜也坐不住了。關於這魔王的記述並不多，他只知道是一種猿神（Hanuman），自然滿心好奇。

十六夜放下酒杯站了起來，目光如炬地靠近他們幾個。

「大叔，這裡很熱鬧嘛，讓我也參一腳如何？」
「哦哦？可以啊！小子，你叫什麼名字？」
「我是『No Name』的逆迴十六夜。多指教啊，『通風大聖』獼猴王大叔。」
掛著輕浮笑容的十六夜報上姓名後，「通風大聖」拍著膝蓋搖了搖頭。
「哎呀，真是讓人懷念的稱呼。連你這樣的大和男子都知道那名字雖然讓人痛快，不過我回到日本後被稱為『酒天童子』，希望你們也能用這個名字叫我！」
嘎哈哈！酒天童子邊大笑邊喝酒，十六夜和飛鳥以及春日部耀三人卻是更為吃驚。
「酒天童子……？」
「你說的酒天童子……是那個酒天童子嗎？日本數一數二有名的那個大妖怪？」
「嘎哈哈！居然連小姑娘們都知道，實在高興！」
酒天童子——馳名於平安時代，實力在日本神群中也名列前茅的大妖怪。這位渡世王的知名度雖然比不上九尾狐，靈格卻是有過之而無不及。
他並沒有協助幕府和當時的支配者，而是成為統領無賴、賭徒和黑社會分子等偏離正道之人的妖王。
這就是日本神群的魔王「酒天童子」。
「……真是驚奇接著驚奇，第二個驚奇是因為七大妖王之一居然是由極東的妖怪來擔任。」

「沒錯。我們雖然被稱為七天，不過其中只有平天、齊天、覆海這三天是中華系的妖怪。其他則是像我這樣從極東不請自來的兄弟，從印度離家出走的公主，再加上走絲路過來的那些傢伙，整個亂七八糟！」

「獼猴老大哥的情況特別不同，這個人本來是長兄牛魔王他父親的義兄弟。」

「噢，所以才叫老大哥嗎？」

「嗯，牛魔王的父親是我打心底敬愛佩服的大魔王，他庇護了在母親命令下踏上孤獨之旅的我。所以我在七天戰爭時和牛魔王等人也結拜為義兄弟，一起為了齊天大聖的名譽而戰。」

嘎哈哈！酒天童子豪邁大笑。

這些話如果是事實，表示七大妖王正是由來自世界各地的妖王們攜手建立的大聯盟。所以七天引起的戰爭，確實是足以把箱庭一分為二的大戰爭。

既然是那麼精彩的武勇事蹟，十六夜無論如何都想聽聽詳情。他雙眼放光，一屁股直接坐到耀和酒天童子前方，遞出酒杯說道：

「正好，關於這件事，之前從蛟劉那邊沒能打聽出什麼具體的內容。這次請務必讓我請教一下來自日本妖怪觀點的七天戰爭詳情。」

「我才有事想問你。聽說你是金絲雀的弟子？怎樣，那個小姑娘過得還好嗎？」

——十六夜握著酒杯的手整個僵住。

完全沒注意到十六夜反應的蛟劉也跟著開了口。

「什麼啊，十六夜小弟，原來你是金絲雀的弟子！」

「嘎哈哈！知道那個臭屁的小姑娘也收了弟子，讓我覺得真是時光似箭，日月如梭！」

蛟劉和酒天童子都笑得很愉快。

十六夜不動聲色地反問：

「……這是怎樣？你們兩個都認識金絲雀？」

「當然，因為我們經歷過反烏托邦戰爭，怎麼可能不認識自家的總大將。」

「嗯，再加上金絲雀是悟空的弟子，我們在各方面都有關照她。真要講起來，我們對你來說算是父執輩呢！」

蛟劉和酒天童子緬懷著過往。

十六夜也搖了搖頭，反駁著沒那回事。

畢竟金絲雀從來不曾提起箱庭，也不曾要求十六夜去幫助「No Name」。他還不確定金絲雀到底有什麼樣的意圖，況且基本上，自己並不是金絲雀的弟子。兩人只是一起玩樂的搭檔……一起在全世界旅行，一起享受旅程而已。僅僅是這樣的關係，金絲雀根本沒有提過關於「No Name」——

「——十六夜小弟，你知道那個品格最為高潔，自稱『Ishi（無名）』的民族最後有什麼下場嗎？」

「————……」

「……？你怎麼了，小子？」

「……不，沒什麼。我還是想先聽聽七天的武勇事蹟，大小姐和春日部也想知道吧？」

「當然。」

「因為我們還沒碰過日本的魔王，之前也沒有機會接觸鬼姬聯盟的人。」

「嗯？你們還沒見過我家女兒和九尾老闆娘嗎？」

「畢竟箱庭如此廣大，要是沒有緣分，想見面也難。不過聽說小迦陵近期會成為鬼姬聯盟的代理盟主，我想你們一定有機會見面。」

「我對傳說中的花街也有興趣……總之不管怎麼樣，現在先聊七天戰爭吧，死掉的人們肯定也想聽聽這些見聞。」

「知道了知道了。雖然比起跟魔王阿吉．達卡哈的死鬥，這些故事頂多只算是開場白，但我酒天童子還是來講述一段，藉此祭悼英靈！好啦，大家都過來拿起酒杯！只有能跟著我一起喝的人才有資格聽下去！」

「好，這次我不會輸。」

「咦？我……我也要喝嗎？」

「那當然。來吧，放開來享受喝酒比賽就對了！」

嘎哈哈！酒天童子發出豪爽笑聲，吩咐眾人靠攏。現場立刻熱鬧起來。

居然能聽到七天戰爭和對抗阿吉・達卡哈的武勇事蹟，這種機會實在難得。就算今後再活一百年也絕對不會碰上。

想參加的人們發出歡呼聲，把酒杯和酒桶接二連三地準備好。

恢復平常心的十六夜也同樣舉起酒杯，一起大喊乾杯。

＊

——七天戰爭。

至今仍在諸神箱庭流傳的這場戰爭當初究竟是因何而起？知道真相的人並不多。

有指稱是因為七天試圖奪取天帝支配權的魔王說。

有指稱是因為七天起義反抗天帝暴政的英雄說。

有指稱是因為七天遭到天帝誘騙而引發大戰爭的陰謀說。

儘管眾人對七天戰爭的起因議論紛紛，卻沒有什麼人討論戰爭的結局。

因為戰爭的結局十分明確，無論由誰來論述都會得到相同結論。

從七面旗幟為了那個人揚起的那一瞬間起，結局就已確定。

為了救出因為大鬧天庭之罪而遭到逮捕的齊天大聖，齊聚一堂的六人皆是名聞天下的妖王。

他們七人雖然沒有相連的血緣，卻是舉杯起誓過的結義兄弟。

在青天裡飄揚的七面旗幟每一面都受到能以一當千的精兵們崇奉。

然而無論他們是力量多麼強大的妖王，和即將反抗的對象相比依舊過於渺小。

阻擋在他們面前的存在絕對不會允許這七面旗幟從容飄揚。

因為，天帝不會允許。

因為，眾神不會允許。

因為，連諸佛也不會允許。

為了那個人聚齊起來的六王收到了最後通牒，警告他們若是繼續反抗就只有全滅的下場。

「——交出齊天大聖，她是導致天下分裂的大罪人。」

大罪人。擾亂世界秩序，破壞世界安寧的邪惡。

所謂的大鬧天庭之罪，似乎只是用來捉拿她的藉口。

如果那罪名為真，確實被判死罪也是無可奈何。

那麼你們就提出能讓我們接受的罪狀吧！牛之王壓抑著憤怒提出要求。

「——此人乃是星體孕育的『王之軀殼』。在天帝的治世下若出現擁有此等光輝之人，必然會有惡人圖謀吹捧利用。在其成長為與天帝敵對的勢力之前，先行斷絕禍根乃守護秩序的我等之義務。倘若此義務必須附加名為罪狀的理由，那麼——」

——齊天大聖之誕生即為罪業。

「…………」

六王以真誠態度接下了這個毫無慈悲的罪狀，甚至認同這些說法句句合情合理。因為現今聚集於此的眾人正是被齊天大聖的光輝吸引，才會像這樣趕來她的刑場。

能讓如此多的猛者醉心於她的齊天大聖，確實是能稱為「王之軀殼」的逸才。

因此六王打心底嘲笑。

嘲笑天帝那正確——但反應卻過於遲緩的判斷。

「——」

牛之王抱著受傷的齊天大聖，緩緩舉起右手指向天際。其他五王也跟著行動，沉思感慨般地閉上雙眼又張開。

即將展開的這場戰鬥並不是為了榮譽，也不是為了勝利。

而是為了堅持自身和齊天大聖的正確性。

為了履行那情濃於血的結拜誓言。

為了證明即使她的生命是「罪」——也絕非是「惡」。

七王之長抬頭望向七面旗幟，帶著萬千決心朝天大吼。

「泰山府君……齊天大聖就在此處！對此人有異議者可往前一步！

我等七天大聖將接下這場挑戰！」

這是無法回頭的宣戰布告。

在此瞬間，七天承受了魔王的烙印。

引導非人的存在，化為細小篝火長期累積至今的功績全被他們為了彼此的深厚情誼而犧牲捨去。

奮不顧身地衝向滅亡。

連翻帶滾地往下墜落。

仰望上方，天際已然遠去；伸長雙手，卻只被黑暗深淵逐漸吞沒。

即使如此……七王依然相信彼此牽起的手與相繫的情誼都能持續永遠。

在青天中飄揚的七面旗幟。
只要心裡仍有決心與這片風景，無論要迎接什麼樣的結局——他們都不會後悔這一天做出的決定。

＊

酒天童子的故事告一段落後，放眼望去，其他人已經醉倒在地睡成一片。
完全是屍橫遍野的狀態。
身為大胃王的春日部耀和靠著毅力苦撐下來的久遠飛鳥現在也不斷點著頭打瞌睡。
「喂，女孩子們，不行的話就睡吧。」
「……我……還不睏……」
「我也不要緊……而且……我無法原諒那個天帝！明明孫悟空沒有犯任何錯！而且居然踐踏兄弟姊妹之間的情誼！不可原諒！這種事情……這種事情太可憐了……！」
飛鳥含著眼淚繼續喝酒，看來她已經徹底醉了。
另一方面，春日部耀也將近極限。
「……十六夜，來我旁邊。」
啪啪，她拍了拍旁邊的座位。

「我說妳還是睡吧，我等一下會把妳搬回去。」

「不要，我說你過來坐這。」

啪啪！耀拍得更加用力。

「不，所以說春日部……」

啪啪啪！

「好，是我錯了。」

哭鬧小孩和醉鬼最難對付。

等十六夜坐到自己旁邊後，耀倒到他的大腿上。

「唔……拿十六夜的腳……當枕頭。」

「喂喂。」

「……呼嚕。」

「哪有人鼾聲用說的，妳根本還醒著吧！」

「我要睡，絕對要睡。」

「嘎哈哈！大腿而已，借她一下也行吧！好啦，也讓這個小姑娘睡吧。」

酒天童子推了已經喝醉的飛鳥一把，飛鳥也緩緩地倒到十六夜的腿上。

「……呼嚕。」

「喂，大小姐妳這只是模仿。」

「「要睡。」」

「好，我明白了。之後我會索取膝枕的費用，妳們兩個可別忘了。」

「嘎哈哈！你們三人的感情真好！真像是看到以前的大聖他們！」

——直到月亮登上天空的頂端，宴會仍在繼續。

如果換個說法，酒天童子講述的七名妖王和天帝、道教、仙道、佛教的大戰爭，其實自始至終都可以算是「非人者們」賭上尊嚴奮鬥的戰爭。

為七天戰爭喉舌的酒天童子獲得了震耳的喝采，聽眾裡的妖怪們對他投以憧憬的視線。

齊天大聖作為被授予使命的半星靈，帶著絕大力量和靈格出生，卻是個不成人，不成妖，也不成神的半吊子。後來雖然被召入天帝麾下，那滿溢而出的才能卻在謀略之下遭到架空。然而即使她被困養在鳥籠之中，各地似乎還是有不少信仰齊天大聖的土地神和妖怪。

由於把齊天大聖放在身邊，天帝反而感受到更強烈的威脅。

認為這個美麗的半星靈一旦反抗，有可能成為推翻天帝之世的存在。

為了消除天帝的不安，親信們以謀略陷害齊天大聖，把她作為卑劣至極的妖怪處罰，甚至還想將她封印在星之地殼中。

挺身阻止這種惡毒暴舉的人，正是和齊天大聖互許魂之誓約的七名妖王——後來被稱為

「七天大聖」的猛者們。

「不過呢……聽完大叔講的故事，我總覺得齊天大聖這邊的錯處比想像中還少。你是不是加了油添了醋啊？」

「那當然，從某一特定觀點來講述的戰爭不就是這麼一回事嗎？」

嘎哈哈！酒天童子笑著幫十六夜倒酒。

接著他把自己杯裡的酒一口氣喝光，換上狡詐的笑容。

「哼哼，神群那些傢伙不也擅自散播一些只顧及自己面子的傳說嗎？那麼我們當然有權利高興說什麼就說什麼！至於要相信哪一邊，只能由聽眾自行判斷。」

「是這樣嗎？」

「沒錯，就是這樣──只是啊……」

酒天童子放下空酒杯，暫時把視線投向遠方。

「──七天戰爭實在死了太多人。」

「…………」

「老實說，那是一場在開始前就已經確定我方會輸的戰爭。如果對手只有一個神群或許還有辦法對付，然而我們卻是與東亞涵蓋的所有宇宙論為敵，當然沒有取勝的機會。對我等七人來說，這是為了守住自身尊嚴的戰爭，就算是必敗之戰也無所謂……不過一想到陪我等踏入地獄的成千上萬同胞，心裡果然還是難受。」

這場衝突原本只是為了貫徹自身的堅持。

但是敬愛七人的妖怪、妖仙和土地神也前來助陣，使得七天戰爭發展成規模空前的大戰爭，喪命的人更是不計其數。

就算是要貫徹自身的意志——也還是讓太多同胞因此而死。

「……總之，如果不方便的話可以不回答，你們七天當中活下來的有誰？」

「牛魔王、蛟劉、迦陵、我，還有大聖共五個人——哼哼，真是諷刺。明明是我等挑起的戰端，結果卻有五個人活了下來。」

「啥？你說什麼啊，既然你們有五個人活下來，不就等於是趕來參戰的那些傢伙打贏了嗎？」

十六夜皺起眉頭瞪著酒天童子，這亂七八糟的理論讓酒天童子稍微瞪大眼睛。

「……怎麼說？」

「是那樣沒錯吧？仰慕你們的那些傢伙正是希望你們能活下來才會趕赴死地，或許以結果來說確實沒能打敗神群……不過他們還是守下了五位妖王的性命。即使沒能護住所有人，還是給神群們好看了吧？我想那些人在黃泉路上肯定會一直高呼萬歲。」

妖王們決心貫徹自身的堅持，而家臣們則發誓要追隨這個決定並保衛君主。

最後，他們達成了這個誓言。

「戰爭中最難的不是獲勝，而是**讓戰爭結束**。或許也有人主張那種只要殺光敵人就好的荒唐理論，但那種理論並不符合現實。規模那麼大的戰爭一定會出現漏網之魚，而這些漏網的怨恨會成為星星之火，總有一天會再燎起烽火狼煙——你們這場戰爭之所以沒有變成那樣，是因為神群在取得兩顆七天頭顱後就妥協了。而讓他們願意那樣做的原因，無疑是你們同伴的屍山血海。」

「……嗯。」

酒天童子瞇起眼睛，把酒倒進杯裡。

接著他看向十六夜，咧嘴一笑。

「該怎麼說……就是那樣，你真的是金絲雀的弟子。」

「就說我不是她的弟子，只是一起玩樂的伙伴。」

「哦？那麼你是在**致敬**玩伴嗎？剛剛那番話，實在很像那個小姑娘會說的理論。」

嘎哈哈！酒天童子大笑著調侃十六夜。

十六夜儘管不以為然，還是只能把杯子直接塞進酒桶裡舀酒。

月亮通過天頂，開始往下。兩人已經聊了很久。

十六夜和酒天童子都開到第三個酒桶。

喝到這種程度，已經不能用普通的酒量好來形容了。酒天童子先姑且不論，十六夜會讓人懷疑他的消化器官是不是有什麼重大缺陷。

「不過你還真能喝啊，小子。這點和金絲雀完全不同。」

「我跟她又沒有血緣，在這種事情上怎麼會一樣？而且那傢伙只有酒量真的很差，差到只喝一杯就會倒下。」

「喔喔，就是那樣。那個小姑娘不管在哪個宴會上都絕對滴酒不沾，被逼著喝酒結果倒下那次還真是引起全場騷動呢。」

嘎哈哈！酒天童子拍著膝蓋大笑。十六夜也忍不住露出笑容。仔細想想，他從來沒聽說金絲雀在箱庭時的事蹟。一方面是因為十六夜本身並不是特別有興趣，還有很大的原因是能和他討論這個的似乎只有那個變態（克洛亞）。

十六夜也清楚自己的個性讓人難以親近，現在卻覺得和這個叫酒天童子的妖怪可以合得來。

不愧是俠義之王。

肯定也是因為這個男子的個性，才會讓十六夜在聊天時三番兩次不小心說漏嘴。

「……嗯，那傢伙肯定在哪裡都是那副樣子。不管是在箱庭還是外界，還有跟我一起去旅行時也一樣。」

「哦？你說的旅行是什麼？」

「噢，我記得——」

十六夜晃著酒杯讓水面上的月影跟著搖動，開始回想過去。

當時，他才剛滿十三歲。

一個激進的宗教團體襲擊了某個村落。

Trouble File 後篇

——所謂現世的地獄……

就是在描寫眼前的這種景象吧？逆迴十六夜心裡默默想著。

「…………」

位於某個紛爭地區的地下飼養場。

當時的十六夜正好碰上激進宗教團體為了獲得活動資金而進行人口販賣的現場，所以一頭栽進因為襲擊白化症（Albino）少年少女而曝光的事件。

這個連陽光都照射不到的地下設施不知道投資了多少興建資金，占地將近一座小型都市，足以讓被飼養的那些人類在此居住。

不過——那些已經成為十分鐘前的往事。

飼養場裡的飼養員基本上都被粉碎到不成人形，成了倒在一旁的屍體。

十六夜在已經化為血海的解體現場往前踏出一步，踏爛那些被粉碎的屍體。雖然是第一次奪走人命，他心裡卻沒有絲毫感慨和悖德感。

反而是充滿胸口的不快感和無法用言語形容的憎惡感遠遠超過奪走人命的實際感受。

看在年幼但聰慧的十六夜眼裡，他很快察覺這個地方是人類的處理廠。

為了某群想體驗「吃掉有智慧生物」這種極度不道德行為的人類而特別建造的人工地獄。

在這種地方工作的員工肯定都是只有外表長得像人的怪物。

人類內臟被雜亂無章地冷凍保存，上面的標示除了有送貨目的地的代稱，甚至還仔細記載了哪個部位能帶來何種好運以及安全的烹飪方式。

「——……飼養人類，然後進行處理並出貨嗎？」

十六夜發出乾笑，分析眼前的狀況。

他自己提出想看看世界上最悽慘的戰場。

如果答案就是這個人工地獄，確實是最適合的解答。

在戰爭中喪命的人再怎麼樣也是作為人類死去。到了能以陣亡者身分留名的現代就更是如此，人類作為人類生存的證明以及從生到死的軌跡都會被記錄下來。

然而——這個沒有活過的證明，沒有死亡的記錄，出生時的哭聲也無人理會的場所，只不過是連人類尊嚴都不允許擁有的地獄一角……說不定比地獄還低等。

原本自制心很強的十六夜之所以會在怒氣驅使下動用武力，想必是因為這片地獄的罪業過於深重。

他強忍著難以言喻的不快感，在設施內到處亂晃。這時……

解體現場的深處傳來人的聲音。

「——……嗚……」

這聲音細小到彷彿隨時會消失。十六夜快步衝了過去，伸手握住門把。

可是，他的動作卻突然停止。

「——……嗚……」

從門後傳來的聲音非常微弱，就算趕過去找到人，對方也不一定會得救。而且基本上，趕過去又能做什麼呢？

十六夜想見識地獄的目的已經達成，沒有必要繼續留在此地，應該要儘快離開才對。

他總覺得要是從這裡再往前踏出一步，自己就會扛起某種超乎想像的事物。

在這個遭到瓦解似乎即將崩塌的地下飼養場裡，只能聽到十六夜本身的呼吸聲和來自門後方的呼吸聲。

站在門前的十六夜無法動彈，只能大口喘氣。

然而門後又傳來聲音，就像是要抹去他的猶豫。

「——救救我」。

聽到這比先前都清晰的求救聲，十六夜的身體反射性地往前。即使是過了許多年的現在，他仍舊不明白自己當初為什麼會做出那種行動。

十六夜下意識地握住門把，打開門扉。

還沒有做好任何心理準備就前進的十六夜在此地受到了讓他背負一輩子的傷痛。

可是他並不後悔。

因為逆迴十六夜用一生的傷痛作為代價——在這片地獄裡遇到了畢生摯友。

*

「哎呀，看來你很消沉嘛，十六夜小弟。」

「……妳很吵耶，臭歐巴桑。」

十六夜抱著一邊膝蓋坐在病房外的走廊，有個女性過來挖苦了他兩句……那是身穿白色塹壕大衣的金絲雀，她帶著傻眼笑容在十六夜旁邊坐下。

「關於那個設施，聽說在十六夜小弟你離開半小時後就崩塌了。但是那個國家紛爭不斷，想必沒有餘力去挖掘崩塌現場。」

「……是嗎，意思是一切都被埋入黑暗中了嗎？」

「不，並不是那樣。至少只要還有人生還，就代表並非所有事實都會遭到掩埋……不過，如果你要拋下帶回來的那孩子，事情自然另當別論。」

金絲雀這些話並不是責備，而是為了決定接下來的方針。

然而剛滿十三歲的十六夜沒有能力找出答案。

況且基本上，這次並不是因為他自己想救人才救了人。

一切都是情勢演變而成的結果。

連安排生命維持設備和辦理使用私人噴射機把病人運往國外醫院的手續，也全都是金絲雀幫忙處理。

即使如此，金絲雀仍舊把決斷權委交給十六夜。

「十六夜小弟，不管過程如何，救出那孩子的決定都是出於你的意志吧？所以你不能逃避，因為那是你自己的選擇。」

「……我知道啦。」

金絲雀不會責怪別人逃避，卻絕對不會允許放棄責任的行為。

因為她很清楚，要是輕易允許十六夜放棄責任，會把他培育成在遇上真正無法逃避的選擇時就乾脆放棄思考的那種人。

而十六夜也很欣賞金絲雀這種嚴格和溫柔兼備的作風。

「這些話我只在這裡說，我很高興看到你把受害的孩子帶回來。因為這行為就是證據，證明你確實按照我的期望成了一個誠實的少年。」

「真要說的話，妳這次的行為倒是一如既往的禽獸。既然知道那樣的設施，妳大可以早點告訴我吧？」

聽到十六夜的反擊，金絲雀難得地露出受傷表情。

「……笨蛋。我要是知道，肯定早就展開行動了。」

「嗯，因為妳明明是個夢想家，卻又是個現實主義者。只要有百分之一的機率能夠趕上，妳就會迅速行動；即使缺乏手段，妳也會試著有效活用……抱歉，我剛才只是在找出氣筒而已。」

十六夜道歉後，兩人之間陷入沉默。

金絲雀手上拿著飼養場那孩子的病歷。

「飼養白化症患者嗎……我知道白化症患者在食人主義中具備特別意義，但是沒有想到居然真的有人實際經營如此瘋狂的買賣。確實世界各地都殘留著對白皮膚的過度信仰，不過對交配生產進行管制，甚至還販賣給女性不足的農村……再怎麼說都讓人無法理解。」

不分古今東西，對白皮膚的信仰在各式各樣的歷史神話中都曾出現，也是現代仍然存活的習俗之一。據說某些依舊施行種性制度的地區甚至會因為結婚對象的皮膚太黑而殺害對方。

在印度相關神話中，黑皮膚的神靈、英雄通常會被畫成藍色皮膚，這是起因於過去曾有一段把黑皮膚視為不淨並禁止以黑色作畫的可悲歷史。至於白化症病人卻有不少人只因為白皮膚就被當成神童崇拜，還有些成了被信仰的對象。

在黑人居住的國家和地區，情況更為嚴重。

黑人白化症患者的遺體不但會被拿來食用，甚至還會被用於觀賞和魔術儀式。

因此，他們能**賣出高價**。

信仰的對象、魔術的媒介、食人主義，還有褻瀆與悖德。因為有一群人在享受以上一切，白化症患者不得不對抗生命和尊嚴都遭受侵犯的環境。而且為了保護自己，他們被迫在現代也必須持有武力，過著聚集在一起的互助生活。

透過這次的事件，十六夜才初次得知……這些原本應當受到人類社會保護的病患，實際上卻為了不被人類社會殺害而堅強活著。對於天生擁有強韌肉體的十六夜來說，恐怕沒有比這次更加諷刺的事件。

「……關於十六夜小弟救出來的被害者，那孩子有幾成的內臟已經遭到摘除。」

「我想也是。把那傢伙扛起來時，我有發現實在太輕了，不是人類該有的體重。」

雖然發言裡滿是怒氣，然而十六夜本身尚未理解自己的這份怒氣到底是針對誰。

雙方都避免講得過於直接，不過兩人很清楚那孩子已經病入膏肓。

這個國家和紛爭地域不同，只要有錢就能獲得高水準的治療。那孩子暫時保住了性命，但是今後的狀況恐怕難以好轉。

如果不是那樣，金絲雀不會什麼都沒說。

既然如此，應該把有限的時間盡量用在有意義的事物上。

十六夜本身也是夢想家兼現實主義者。他現在不該繼續坐在這裡，而是該去確認本人的生存意願以及究竟還剩下多少可能性。

就算沒有任何可能性，他也早已習慣被懷中的夢想碎片刺傷。

十六夜重重嘆了口氣，帶著決心站起身來，搶走金絲雀手中的病歷。

「在這裡自暴自棄也沒用，妳是因為那傢伙醒了才來叫我吧？」

「嗯，那孩子已經可以說話了，還說想要見你。」

「知道了，我去一下。」

十六夜隨便揮著手離開。

金絲雀留在原地目送他的背影。

十六夜不確定該聊什麼，不過總之必須先見到對方才能有下一步進展。他跨著大步在醫院走廊上前進，沿著樓梯往上爬，來到病房樓層。

可是，樓梯上來的第一間病房卻是房門大開。

「……喂喂，根本沒有人啊。」

空無一人的病房，被強行拔下的點滴。察覺到異常事態後，十六夜的行動極為迅速。他推論病人可能是遭到綁架，立刻衝向樓梯。

仔細想想，目前的事態確實足以憂慮。一個來歷不明也無從找起的黑人白化症患者，簡直是身上掛了歡迎綁架的牌子。十六夜咂嘴反省自己過於鬆懈並加快速度，但是這時他突然想起這家醫院的構造。

（不對……在這種規模的醫院裡，綁架不可能沒引起任何騷動。況且特別樓只有一道樓梯和緊急用的電梯，半路沒碰上我未免太不自然。）

所以有兩個可能的答案。第一個是這家醫院的職員打從一開始就打算綁架患者，然而這推論有個問題，那就是金絲雀怎麼可能犯下這種錯誤。

如果真的有那麼強大的組織在虎視眈眈，金絲雀想必會更加警戒。

至於另一個答案……儘管難以置信，但有可能是病人自己用雙腳走出病房。

以直覺判斷是後者的十六夜跑向陽台。他只用上對自己來說算是小跑的速度，不過還是沒花多少時間就到達目的地。

三樓的陽台只能看到一個人影。

這棟特別樓採用玻璃帷幕因此具備透明感，其中採光最好的地方是這個陽台。

在燦然照耀的陽光下，有個白色人影正握起雙手，抬頭望向天空。

十六夜靠了過去，對方大概也感覺到有人出現。

白色人影回過身來，放任其生長的白髮被甩成扇形，散發出光彩的紅色雙眼裡含著淚水。

「……！」

一滴接著一滴……淚水毫不吝惜地接連滑落。

淚水裡灌注了感謝以及多到不能再多的感動，和他……或者她與生俱來的所有感情複雜地交錯糾纏，散發出耀眼的光輝。

當人類在這世上第一次發出生命吶喊時——想必都會流出這樣的眼淚。

讓純白的長髮隨風飛揚，以深紅雙眼凝視十六夜的這個人類，帶著比世上任何人都幸福的微笑，緩緩說出自己的名字。

「初次見面，我的名字叫『Ishi（伊希）』。可以請問你叫什麼名字嗎？」

*

……老實說，伊希得救的可能性為零。

由於內臟遭到摘除時並沒有給予妥善的處理，傷口受到細菌感染，似乎已經惡化到無法治療的狀態。現代的醫療技術能提供的只有緩和痛苦和延長少許壽命的維生治療而已。

得知自己只剩下一個月壽命後，伊希立刻做出決定。

伊希似乎認為把任何一丁點時間花在沒有多少希望的維生治療上都是浪費，把時間用來猶豫更是免談。

「我並不是想要活久一點，而是想要體驗更多經歷」——這是伊希的主張。

對於壽命已定的人來說，這兩者並不相等。

花費約半個月進行維生治療，結果只能延長半個月再多三天的壽命……根本沒有意義。

伊希表示想盡可能去親眼見識、親耳聽聞，累積未知的體驗；還提出願意服下大量止痛劑（嗎啡）來消除痛感，好讓自己能夠盡量活在藍天之下。

聽到金絲雀詢問理由，白皙臉頰微微染上紅暈的伊希率直表白道：

「……其實這是我的第一次。」

「第一次？」

「嗯。第一次來到牆外，第一次看見藍天，第一次見到太陽。所以如果自己已經沒有時間，我希望能夠盡可能多見識一些事物。」

不知道為什麼，反而是金絲雀因為這番話而受到衝擊。十六夜從來沒看過金絲雀把眼睛睜得那麼大，而且她還整個人僵住又不發一語，超過一分鐘之後才接受伊希的要求。

即使無法確定理由，不過伊希的願望似乎足以讓金絲雀表現出憐憫以外的感情。

金絲雀誇下海口，不管伊希想去什麼地方，想鑑賞什麼藝術，想聆聽什麼音樂都可以包在她身上。接下來她在當天備齊已經裝好維生設備與各種止痛劑的所有陸海空移動手段，然後緊急建立伊希的戶籍，甚至連四個國家的簽證都幫忙準備妥當。

……講得直接一點，金絲雀根本是怪物。

金絲雀本人的說法是因為她把蛇杖旗幟（Symbol）借給世界衛生組織（World Health Organization）所以在那裡很吃得開，然而當時的十六夜無法理解那是什麼意思。

「不過金絲雀妳還真是愛管閒事，居然可以為了一個來路不明的傢伙，在一天之內連假護照都準備好。我真的沒想到妳會對那傢伙提供這麼多協助。」

「哎呀，我從一開始就是那種人喔。否則怎麼會帶著才剛認識的十六夜小弟你在世界上旅行好幾年呢？」

遭到理所當然的反擊後，十六夜有點不太高興。

金絲雀這些話確實沒有錯。

除非有什麼法外權力在運作，否則金絲雀當初不可能在見面隔天就把和她沒有血緣關係，甚至只能算是陌生人的十六夜帶去國外到處旅行。

她似乎打從一開始就在聯合國相關機構裡很吃得開。

「講到彼此除了名字以外什麼都不知道的狀況，其實我當初也是一樣嗎……嗯？話說回來那傢伙的名字是什麼意思？感覺不像哪個人幫忙取的名字，應該也不是暱稱吧？」

「嗯，那孩子一定在那名字裡寄託了特別的想法吧——十六夜小弟，你知道那個自稱『Ishi（伊希）』的民族最後有什麼下場嗎？」

聽到金絲雀語氣平靜的提問，十六夜以歪頭動作回應。

金絲雀原本打算開口說明，卻突然搖了搖頭像是改變主意。

「既然你不知道，現在可以繼續不知道。如果你無論如何都想知道答案，我會在這趟旅程結束後告訴你。」

金絲雀這句話讓十六夜吃了一驚，剛剛是她第一次提到旅程的終點。雖說旅行總有一天會結束，不過十六夜一直以為那是很久以後的事情。

現在突然實際聽到金絲雀提及這件事，讓十六夜心裡有點煩亂。

他目睹過伊瓜蘇瀑布那樣的美麗景色，也見識過伊泰普水電站那樣的壯大發明，還體驗過宛如地獄底層的經歷。

雖然該看的東西或許都看過了，十六夜卻覺得好像沒看到關鍵的事物。

另一方面，另一個當事者伊希把白髮剪短，換上便於行動的服裝，拄著拐杖在醫院入口慢慢晃來晃去。

十六夜從後方接近，露出很不以為然的表情。

「……我說你冷靜點。今天會有車子來接我們去遊覽，你要是太急摔倒我也不會出手幫忙。」

「那點小事我懂，可是稍微興奮一下又有什麼關係？所謂的汽車就是指那些在路上跑來跑去的長方形箱子吧？在設施裡的書上看到時我還覺得只是幻想，沒想到連那種東西都會動！外面的世界果然很厲害！」

伊希雙眼發亮，看著從道路另一頭往這邊開過來的汽車。

大陸上這種不斷往前延伸，彷彿可以直達地平線的平坦大道確實有看頭。在伊希的眼裡，對眼前光景的好奇心更勝於對自身境遇的憂慮。

說不定只是看著道路一整天也會覺得很開心。

不過對於十六夜來說，伊希讀過書的事實比現在做出的行動更讓他驚訝。

「我說你……沒有外出過卻讀過書嗎？」

「嗯？……噢～是啊。因為大叔們說，沒有教養的動物吃下去也沒有意義，要吃『人類』才有意義。還說不管是要肢解、當沙包還是拿來洩欲，都要是『人類』才有意義。」

「……這樣啊。」

「啊，還有，可以用名字叫我嗎？我不喜歡你來你去的叫法。好不容易有機會從尊敬的人那裡借來伊希這個名字，你願意使用的話我會很高興。」

看到伊希笑容滿面，十六夜只能無力地輕輕一笑。這段過去雖然悲慘，但是當事者隨時都是這種態度，場面也實在無法嚴肅起來。

……不過十六夜直到後來，才明白當時伊希其實是顧慮到他。

一行人搭乘誇張到不像是露營車的三層大型車前往目的地，沿途欣賞窗外不斷後退的風景。

伊希一看到街上各種生活瑣碎事物就會提出問題，十六夜儘管不堪其擾，還是規規矩矩地一一回答。

「那個，十六夜。」

「……啥？這次又怎麼了？」

「這裡到處都有一種聞起來又香又苦的氣味，為什麼？」

「聞起來又香又苦的氣味？……噢，你是說咖啡的香味嗎？」

他們打開旁邊的窗戶，呼吸窗外的空氣。

這裡是充滿咖啡豆研磨香氣的鄉下村莊，附近似乎有一間大型咖啡廳。然而就算說明咖啡是什麼，伊希恐怕也無法理解。

因為伊希的消化系統無法正常運作，他只能攝取比較容易吸收的果凍狀食品。就算聽了說明，不能親自品嚐或許只會讓人更加難受。

不過伊希卻以很有興趣的態度迎風深吸一口空氣。

「這味道有點苦，可是很好聞……就像書裡面寫的，我現在覺得可以理解為什麼咖啡因中毒的人會喜歡咖啡。這就是讓人即使成了奴隸仍舊無法割捨的香氣嗎！」

「——……」

基本上，這句話好像也不算說錯。

沒錯歸沒錯，十六夜卻感到很不解……為什麼伊希的知識都偏往奇怪的方向。

「嗯，你說得沒錯。現代人追求奢華享受，導致全世界對咖啡的需求也不斷增加，不過現在的產業結構卻讓原產地無法拿到多少錢。」

「明明在全世界都很受歡迎，生產者卻得不到回報嗎？」

「不只得不到回報，連改善環境的計畫都沒有著落。關於這方面有個背景，或許該說是因為奴隸貿易時種下的惡習到現在還沒有根除吧。」

在咖啡和可可豆的需求已經大幅提昇的現今，原產地能得到的報酬卻幾乎沒有改變，只有價格不斷飆升。

過去的開拓者帶來紅茶和咖啡的種子，負責培育這些種子的人正是同樣被帶來的奴隸們。那些奴隸的子孫自由地進行商業化並持續推展，最後成為現代的咖啡產業。然而流回原產地的金額還不到整體收益的一成，因此是現代被視為問題的產業之一。

來到三樓的金絲雀露出感到有趣的笑容，在兩人旁邊坐下。

「你們兩個居然在討論這麼稀奇的話題。如果對奴隸貿易前後的自由主義發展和咖啡有興趣，要不要先研究一下中南美洲的宗教？」

「中南美洲……妳是指巫毒教？」

「是海地那一帶的宗教吧？我不清楚詳情，不過書上有寫那是以黑人為主體的國家。」

「哎呀，沒想到你這麼博學。巫毒教是對抗奴隸制度的宗教，深入調查的話可以知道很多有趣的故事。我手上有幾本書，你想在車上看嗎？」

「嗚……雖然很有吸引力，但我想在醒著的時候盡量多看一些人事物，因為書在設施裡也有看過了。」

伊希帶著歉意拒絕了金絲雀的提議。

到達目的地之前，三人就這樣有一搭沒一搭的閒聊。

對十六夜來說，這段時間大概反而遠比風景更新鮮有趣。

居然有年紀相近的青少年能夠深入思考並以相同水準和自己對話……這是十六夜至今為止從未體驗過的情況。

明明彼此在完全不同的境遇下出生，在完全不同的環境裡成長，雙方的體質甚至可以說是完全相反。

和金絲雀與伊希一起聊天時，因為有能夠以同樣高度來論事的談話對象，讓十六夜覺得心情愉快。

……真的是很愉快的時間。

「總之，這正是啟蒙運動和自由主義都蓬勃發展的時代才會出現的弊端。要是按照金絲雀的說法，日本似乎還因為相互監控社會而導致反烏托邦化。」

「……反烏托邦化？是因為日本的執政者嚴格進行管制嗎？」

「不，執政者反而可以說是太漫不經心。我的意思是指日本因為隨時會受到他人監視的社會構造，所以產生了閉塞感，導致行動遭到束縛，各方面的思想也逐漸衰退。」

這是他們從日本出發時，金絲雀說過的話。

生活水準的平均化、要求再度分配財富的聲音、民眾對民眾的言論彈壓。

這些現象的起因並不是國家執政者做出的政治性限制，而是屬於平均水準的民眾不能容忍超越平均的存在，一有機會就試圖彈壓對方的閉塞性社會構造所導致。

在生存人口已經高達七十億這種龐大數字的現代，不但以立法為基底的完全秩序社會難以實現，相反地還有可能發生群眾過度濫用多數暴力的狀況。

比起來自掌權者的彈壓，突出的才能和過大的成功有時候甚至會從大眾那裡受到更多的壓力。

金絲雀從很久以前就在擔心，日本會因為這種把出頭鳥追殺致死的行為而逐漸相互監控社會化，還會因為集體潛意識而逐漸統制社會化。

「……不過呢，日本這個國家的大眾道德教育水準高於平均很多，所以只要有什麼大型的契機，應該有潛力邁向反烏托邦**之後的階段**。」

「反烏托邦之後的階段？」

「那是啥？該不會是什麼超統制社會吧？」

「笨蛋，才不是那樣。我們的目標是——不，這件事以後有機會再聊吧。看起來我們應該快到達目的地了。」

金絲雀看向時鐘，笑著揮了揮手。

「差不多可以看到我想讓你們看的東西了。在旅程剛開始之際，一定要先看過那個才行。」

「那個？」

伊希不解地歪了歪頭。

藍天、太陽、一望無際的地平線。

自然界的壯觀事物應該大致上都見識過了。

「嘻嘻……機會難得，一起去露營車的車頂吧。這種經驗往往是最初嚐到的第一口最為美味。」

兩人先對看一眼，才按照金絲雀的指示前往露營車的車頂。於是，一陣從未體驗過的風拂過他們的臉頰。

在山丘的另一頭是整片的藍色。

第一次看到水平線的伊希全身僵住，彷彿快要停止呼吸。

「那個……是海嗎？那就是大海……？」

十六夜並沒有嘲笑伊希的誇張感嘆。

伊希發現掃過臉頰獨特微風原來是海風，下意識地舉起右手貼在臉上。

等露營車在沙灘上停車後，伊希壓抑著興奮情緒衝出車外。

他強硬地甩開十六夜想幫忙攙扶的手，以自己的雙腳走到海邊。然而只是受到些微的浪花拍打，伊希就無法支撐身體而倒下。

「嗚……」

「喂喂，你何必那麼著急。大海又不會跑掉，稍微……」

冷靜點——十六夜並沒有把這句話說完。

無法起身的伊希握起雙手，跪在沙灘上擺出類似祈禱的姿勢。

和看見太陽那時一樣。

和仰望藍天那時一樣。

也和因為燦爛星空而感到目眩神迷那時一樣，他的眼中浮現出宛如寶石的大顆淚珠。

彷彿是在感謝眼前的光景，伊希喃喃開口。

「——主啊，感謝您賜給我這樣的機會。」

面對出生後第一個能稱之為「母親」的大海，沒有父親、沒有母親、也沒有任何血親，在飼養場裡長大的伊希獻上了他的祈禱和眼淚。

「——……」

十六夜實在沒辦法再看下去，只能用力把臉轉開。

他絕對不是產生廉價的同情心，只是無法理解為什麼伊希還可以表達感謝。

講白一點，伊希居住的設施根本是地獄。

當十六夜趕到現場時，倖存者只剩下伊希一個，其他人全都被處理掉了。想必是因為那個設施本身已經基於某種原因而預定遭到廢棄。

只要回頭確認過保存的資料，肯定可以挖出大量讓人毛骨悚然的影片記錄。身為最後一人的伊希應該目擊了一切，如果他想把心中憎恨發洩在哪個人事物身上，神明無疑是最適合的對象。

因為無論宣洩多少憎恨，神明都不會反駁，不會辯解，也不會報復。要作為推託人類罪責的墊背，沒有什麼比神明更加方便。

不知道究竟該恨什麼的人，通常會靠著毫無緣由地憎恨神明來保護自己的內心。

所以看到伊希祈禱，十六夜實在沒有辦法不發問。

「……伊希，你不恨神嗎？」

「？我恨過，這不是理所當然的事情嗎？」

伊希立刻隨口回答。

不過十六夜並沒有放過這句話的奇怪之處。

「你說**恨過**……意思是現在已經不恨了？在你心裡，憎恨已經是過去式了嗎？你可以把那麼誇張的虐待和歧視都當成往事，原諒一切了嗎？」

如果真是那樣，伊希的心理構造已經超出十六夜能理解的範圍。

十六夜不曾強烈憎恨過什麼對象。

因此也沒有原諒過哪個人的經驗。

即使如此，憎恨這種感情能帶起的熱量還是很容易想像。十六夜以為那種熱量絕對不是隨隨便便就能夠沉靜下來的情感。

倘若伊希想要復仇，現在還為時不晚。

用暴力虐待過他的人，嚐過他血肉的人，以褻瀆行徑為樂的人。

十六夜可以把所有相關人物都帶來並排跪在伊希面前，給予足以讓他們不敢再度——就算輪迴多少次，也絕對不敢**再度**做出這種齷齪行為的活地獄體驗。

已經病入膏肓的伊希無法辦到那種事，但是十六夜擁有能夠代為完成復仇的力量。

「伊希，你感謝的對象在這個世界上只是隨處可見又不值一提的東西。你現在不該浪費時間感謝這種沒多少價值的玩意兒，既然時間有限，去做你真正想做的事情就對了……如果你內心的憎恨火焰還剩下任何餘燼，你應該要提供柴薪讓它重新燃起。」

十六夜抱著內心熊熊燃燒的怒火，開口提議復仇。

應該受到制裁的那些傢伙仍在享受人生，無罪的人卻必須為明日感到憂慮。十六夜無論如何都無法原諒這種世上的不公不義。

這一定就是導致他沒辦法接受伊希行動的原因。

「……復仇……復仇啊……」

伊希凝視著遠處的水平線，喃喃重複十六夜的提議。

大概是因為內心確實還留有憎恨，他沒有否定憎恨。

而且伊希並沒有選擇只在這時掩飾並否認，肯定是基於他不願否定憎恨的個人堅持。

兩人之間陷入沉重的沉默。

待在海水湧上邊際的伊希閉上眼睛，聆聽浪潮的聲音。接著，他突然伸手指向水平線。

「我說，十六夜……你去過被稱為『世界盡頭』的直布羅陀海峽嗎？」

「……啥？」

「如果你去過的話，請告訴我……那裡真的有『世界的盡頭』嗎？」

宛如紅玉的眼睛凝視著十六夜。

直布羅陀海峽是十六夜和金絲雀一起踏上旅途後，他第一個主動要求前往的目的地。

十六夜之所以想前往那個遠在西曆開始之前就被希臘世界定義為盡頭的地方，是因為他期待「特別」的自己或許能看到什麼不同的景色。

然而無情的現實卻輕易粉碎了他的幼小心靈。

十六夜回望伊希宛如寶石的雙眼，慢慢搖了搖頭。

「……不，沒有。直布羅陀海峽……赫拉克勒斯之柱的前方並不是世界的盡頭，也沒有亞特蘭提斯大陸。」

直布羅陀海峽的前方不是世界的盡頭。

伊瓜蘇大瀑布下方的深潭裡也沒有惡魔。

到頭來，和金絲雀的旅行只讓十六夜得到一樣東西。

那就是「人應該在現實裡看著現實活下去」的教訓。不管夢想多麼強烈遠大，，遲早還是會破滅。

可是伊希聽了這些話，卻顫抖著握起雙手，眼裡還泛出淚光。

「十六夜，看過我們那個設施後，你會聯想到什麼？鳥籠？還是箱庭？」

「……真要選的話是箱庭吧。」

鳥籠只是為了飼養生物的監獄，但是箱庭不同。

箱庭必須把經營生活所需的一切要素全部收納進一個小箱子裡，代表一種被製造出來的世界。

「嗯，我認為這是正確的看法。在我們的設施裡，有為了養活居住人口而進行農牧業的區域，也有各式各樣的教會，宗教自由是我們唯一被賦予的自由。我們幾乎都是在封閉的地下出生，在封閉的地下迎接死亡。所以對我們來說，這種感覺並不是一種比喻。用來運入物資的那道巨大鐵門——確實就等於『世界的盡頭』。」

少年少女們把那道鐵門想像成無法跨越的世界盡頭，然後陷入絕望。

那樣的光景並不難推想。

在那個地下飼養場出生的孩子們雖然可以間接聽聞外面世界的消息，卻會在絕對無法親眼直接看到外界的狀況下，懷著悲痛失去生命。

「我也是一樣。不管對書上內容多麼憧憬多麼切望，都不被允許越過那道鐵門。所以對我們來說，那道鐵門就是那麼強烈的絕望象徵，就是『世界的盡頭』……可是，有一個人跨越了那個世界的盡頭，把我救了出去。」

「嗚……」

接下來的話，十六夜並不想聽。

他轉開視線，咬著牙搖了搖頭。

「……我……實際上沒能幫到你。」

「嗯。不過，你確實救了我。而且向我證明了這個世界沒有盡頭，人類也沒有不可能，還讓我見識到許多以前根本沒辦法看到的景色……所以沒關係，這樣已經夠了，十六夜。」

伊希帶著微笑說完這些話，從十六夜身旁走過回到車上，途中從未回頭。
十六夜在沙灘上呆站了好一陣子，然後仰起頭來閉上眼睛。
這是十六夜第一次，也是最後一次和伊希講到復仇。
十二天後的晚上，伊希的狀況突然惡化，最後在昏迷狀態下停止呼吸。
十六夜和伊希沒能道別，也沒能改變任何事情，只能接受這種實在過於寂靜的別離。
「——……」
即使到了現在，十六夜依然無法確定怎麼做才是最好的選擇。
只是，伊希告訴十六夜，「世界的盡頭」象徵了人類不可能突破的障礙。
所以他直到最後的最後都打從心底相信……否定世界盡頭的十六夜來自突破人類極限後的對岸。
……有許多無法遺忘的傷痛。
不管是足以焦灼精神的復仇心，還是隕落之數更勝繁星的怨懟聲，伊希都選擇獨自藏在胸中活下去，從未對任何人表白這一切。
這段人生或許短暫。
但是，他卻活得非常堅強。
一個**比自己**還要弱小的存在試圖活得**比自己**更堅強的事實讓十六夜受到強烈打擊，甚至因此決定了人生觀。

只要回想起活在太陽下的伊希，記憶中的他總是面帶笑容。

如果這就是伊希的目的，十六夜已經徹徹底底地中了計。十六夜這輩子肯定都無法忘記伊希，因為是伊希告訴十六夜，那些被他認為毫無價值的萬物萬象，其實每一個都有其價值。

所以，十六夜用自身力量破壞世界的那種未來，肯定是在這個瞬間遭到扼殺。

「——……」

可是……十六夜無論如何都忍不住要去假設。

如果伊希的笑容蒙上陰影，而且期望復仇。

如果伊希傾訴過任何怨恨。

如果伊希對於使用十六夜的力量去復仇的行為曾經給予肯定，就算僅有一次——

＊

——在讓人反胃的血泊中。

十六夜是否不曾感到到絲毫慚愧？

「…………」

「這未免也太誇張了點。」

金絲雀打開被粉碎的大門，對著滿身是血的十六夜搭話。

在伊希死後，十六夜已經失蹤了三個星期。

十六夜鬧失蹤並不是什麼稀奇的事情，然而金絲雀是第一次花了這麼長的時間才找到他的下落。

金絲雀看了看倒在房間角落的屍體，理解狀態後輕輕嘆了口氣。

「是販賣人口的掮客嗎？這裡可以查出客戶名單，如果想根絕相關人士，一開始從此處下手是正確的判斷……不過，殺光所有人是不是做得太過火了？就算你把這些傢伙全都殺光，習俗本身還是不會改變，也無法保證今後不會發生相同的事情。要知道只是殺光敵人並無法讓戰爭結束。」

「……」

就算殺光敵人也無法讓戰爭結束。

要再過好幾年，十六夜才會明白這個無情的事實。目前的他尚未具備領悟這個本質的資質。

十六夜用手背擦去臉上的血，低頭看向不久前還是活人的屍體。

他之所以沒有回答，大概是因為當初的計畫正如金絲雀的推論。至少十六夜原本應該並不打算把掮客全部殺光。

他既不肯定也沒有否定，兩人就這樣暫時保持沉默。

最後，先開口的人是十六夜。

「……這些傢伙開口向我求饒。」

「……？」

「他們說要我放過他們，不要殺他們，只留下他們一條命就好；還說以後再也不會做這種勾當，會洗心革面，從明天起過著清白正當的生活——所以，希望我能饒了他們。眼前的這傢伙和其他人都說了一樣的話。」

十六夜低頭看著曾經向他求饒的屍體，用顫抖的聲音說明狀況。如果是平常的十六夜，通常不會對這種哀告饒命的敵人痛下殺手。

……可是，這次**十六夜卻動手了**。

而且不只是動了手。

他甚至殺光了所有求饒的人。

「……你真的那麼無法原諒他們嗎？」

「我不知道。至少我一開始並不打算殺人，說不定乾脆不要求饒反而會讓我放過他們一命。」

十六夜回顧著自己沾滿鮮血的手掌，還有被他奪走性命的死者面容。

每一張臉孔都很悽慘可怕。

光是回想起那些因為害怕被殺而整個扭曲的表情，年幼的十六夜就陷入慚愧情緒中，腳步也變得沉重。

「『饒了我』、『不要殺我』、『我不想死』，這些能用來求饒的所有發言和叫喊……伊希和設施裡的其他小鬼當初不也全都說過嗎……！」

十六夜緊握拳頭，用力到幾乎把骨頭捏碎。

每一個人都不想死。

每一個人都曾經哀求討饒。

明明所有人肯定都說過相同的話，明明伊希想必也不例外。

可是卻沒有任何人願意聆聽他們的哀求，仍舊帶著嘲笑奪走他們的生命和尊嚴。

這種事甚至不需要什麼英雄或是特別的哪個人。

只要有任何一個具備了普通常識和良心的人能夠傾聽，並接納他們的哀求。

只要有任何一個人願意伸出援手，可以為他們感到痛心——說不定就不會演變成那樣的地獄。但是，那種事情並沒有發生。

所以十六夜覺得，要是只有加害者開口討饒並得到自己的寬恕，簡直是在踐踏所有消散逝去的生命。

「我知道這是自己的感傷和錯覺，也不否認原本就有想殺掉他們的衝動。可是我原本以為自己能夠像伊希那樣面對怒氣並壓抑怒氣，然後制裁這些傢伙的罪業……可是，我做不到。**我沒辦法做到**，金絲雀。」

先遇上金絲雀，再遇上伊希之後，十六夜覺得總算找到使用自身力量的正確方法。

如果自己能挺身而出，為那些在社會上遭受虐待和無法得救的人們而戰，那麼即使處於這個時代，這份力量想必也能保有完整的意義。

然而……十六夜實在太晚才明白這件事。

他沒能幫助想要拯救的對象，就這樣讓這份力量淪為暴力。

金絲雀靠近帶著滿身鮮血回頭看向這邊的十六夜，靜靜地抱住他，動作輕柔地像是在擁抱嬰兒。

「太好了，如果你只是基於復仇心而來到這裡，我必須賭命阻止你的失控行徑。看來和伊希的邂逅成了你的福音。」

「……這次已經算是嚴重失控吧。」

「是啊。不過，最根本的原因不同。這次的你並不是為了自身的憤怒而使用了力量。而且你剛剛說過，你來此不是為了斷絕惡，而是為了制裁罪，這兩者在本質上似是而非。所以沒關係，你還沒有變成『世界之敵』。」

金絲雀把十六夜抱得更緊，她想必先預測了最糟的事態。

所謂的賭命阻止並不是一種比喻。

如果認識伊希導致十六夜偏離扭曲，金絲雀已經做好要使用一切手段來阻止他的心理準備。現在知道十六夜沒有變成可能毀滅世界的怪物，金絲雀真的鬆了一口氣。

十六夜也回抱金絲雀。

他明白旅行已經接近終點。

「……每一段旅程都很有趣。雖然直布羅陀海峽和伊瓜蘇瀑布裡都沒有像我這樣的突然變異，不過每個景色都真的很有價值。」

過去的年幼十六夜還太不成熟，無法看出眼前景色的本質。

就算沒有惡魔，沒有世界的盡頭，眼前的景色仍舊可以給予更多的感動。

這一趟旅行，肯定是為了讓十六夜找到能和這個時代妥協的生存方式。今後，十六夜受到怒氣驅使而試圖破壞世界的事態想必一輩子都不會發生。

兩人的旅行目的已經達成。

然而還有一件事無論如何都要做出了斷。

「金絲雀，我們的旅行可以就此結束，但是最後還有一群傢伙必須解決。」

「……你是說購買白化症患者的那些顧客？」

「對，**不能放過**那些傢伙。只要有需求，或許還會再有類似的事件。而且更糟的是，有幾個購買者似乎是國家要人等級，被司法保護的掌權者無法靠司法去制裁。」

——所以，只能以私刑處決。

聽到十六夜這種繞著圈子的建議，金絲雀面無表情地回看他。

「……十六夜小弟，即使殺光加害者，這場戰爭也不會結束。」

「————」

「只要無法殺死思想和習俗，這場戰爭就無法終結。這是人類歷史培育出的罪業，除非是這個時代的人類自己有所察覺並予以制裁的結果，否則殺光所有人根本沒有意義……不過，也對。或許能夠爭取一點時間，讓同樣的事情不要那麼快就再度發生。」

金絲雀的眼裡出現冷漠的光彩。

那些光彩帶有平常的她絕對不會展現的銳利和冷酷。

「好吧，由我來親手制裁那些傢伙。我會讓他們徹底明白，這世上有著脫離六道輪迴，連但丁的詩歌也無法到達的地獄……所以，十六夜小弟你可以好好休息了。因為等你從夢中醒來時，這片地獄已經結束。」

十六夜感到眼皮變得沉重，意識也逐漸遠去。

就算是十六夜，這次的事件恐怕也讓他身心俱疲。

他把自己寄託給這種在半夢半醒之間飄蕩的感覺，這時金絲雀卻用十六夜聽不到的音量喃喃說道：

「十六夜小弟，你的人生還很長。今後，一定會有需要你力量的某個人在等待著和你相逢的命運。」

所以，就由我來接手必須在這片地獄裡遭受制裁的罪業吧。

眼神依舊冷酷的金絲雀抱起十六夜，也撿起掮客持有的顧客名單。

等到十六夜在五天後醒來時——那張名單上的人已經無一倖存。

Trouble File 尾聲

Last Embryo

——櫻花花瓣輕飄飄地落進十六夜的酒杯中。

難得積極提起過往的十六夜帶著苦笑把花瓣連著酒一起倒進嘴裡。

「當時的我只覺得那個女人真是恐怖。就算把出身箱庭這點也考慮進去，我還是不知道她到底用了什麼魔法。」

十六夜被召喚來箱庭後，立刻察覺金絲雀和這個地方有關。

後來是在「Underwood」大樹上和黑兔聊天時才完全確定。

不過十六夜沒想到金絲雀在這個諸神箱庭裡居然是受人另眼相看的人物，對於這個事實……其實好像也不感到意外。

真正讓十六夜吃了一驚的事情，反而是落入箱庭時看過的「托力突尼斯大瀑布」。

雖然「世界盡頭」真正存在的景象也讓十六夜感到驚訝，但是「托力突尼斯」這地名和著名的夢幻大陸「亞特蘭提斯大陸」有關。所以這個世界裡或許有哪個地方是被召喚過來的整片大陸。

箱庭裡還有許多謎題，也有許多至今尚無人踏入的大地。

將來如果有機會，去那些尚未見識過的地方遊歷應該也是很有趣的事情。

「我的故事到此結束。雖然和七天戰爭比起來顯得平淡無奇，不過是否有給你帶來一些樂趣？」

十六夜本來只是希望這些話可以抵一些酒錢，沒想到卻說了這麼久。

連篝火都已經變微弱了。

昏暗的會場上，每一個人都抱著酒瓶沉睡著。

在對抗魔王的戰鬥中，身體和心靈都承受創傷。

所有事情總算在送別死者後告一段落，然而為了填補這些空白，恐怕接下來還需要一段漫長年月。

「差不多該收拾一下了。這些個男人也就算了，我們家的女孩子們再這樣下去搞不好會感冒。事後才來找我抱怨也很麻煩……」

「等一下，小子，有件事情我一定得問清楚。」

聽完十六夜故事的酒天童子按著兩眼內側，沉重地開了口。

「……小子，關於金絲雀……」

「嗯？」

「那個小姑娘已經死了嗎？」

聽到這直言不諱的提問，十六夜稍微瞪大雙眼。

但是這個反應大概已經足以讓他理解。酒天童子以悲痛表情閉上眼睛，喝掉酒杯裡最後的酒。

「是嗎……連那個小姑娘也走了嗎？」

「抱歉，剛剛沒有機會提到。」

「沒關係。不過如果你有意隱瞞，記得別再用剛才那樣的語氣。看你提到她時那種開心懷念又尊敬的模樣，不管是誰都會察覺。」

酒天童子扔掉酒杯，拿起酒瓶一飲而盡。

十六夜似乎很尷尬地搔著後腦。

他並沒有那種意思，只是今晚的運氣太差。既然有如此美酒又有聽眾在場，不小心投放了太多感情也是無可厚非的行為。

一口氣把一點八公升的酒都喝光後，酒天童子瞇起眼睛望向遠方。

「……小子，你聽說過魔王『閉鎖世界（敵托邦）』嗎？」

「從克洛亞·巴隆那裡聽過一些情報，那是人類最終考驗（Last Embryo）之一吧？」

「對。過去的箱庭曾因為這個魔王而瀕臨毀滅，眾神和全世界的著名英雄英傑都挺身對抗那個魔王，結果卻紛紛喪命。神王也在那場戰爭中失去了搭檔戰車（Vimana）。毫無疑問，那傢伙是箱庭歷史上最強大的魔王……可是呢，打倒這種強大魔王的人，是一個跨越『世界盡頭』前來的人類少女。」

「——……」

「聽說從反烏托邦世界裡出現的那個女孩曾經流著眼淚說過：『世界根本沒有盡頭』。我想金絲雀一定是因為從那個叫伊希的小鬼身上看到和自己類似的境遇，所以才會對他特別關照。」

而打倒魔王阿吉．達卡哈的十六夜也是越過「世界的盡頭」，來自人類可能性對岸的少年。

酒天童子拋開被他喝乾的空酒瓶，望向即將破曉的天空。

「想起來真是充滿因果。看樣子能夠克服人類最終考驗的人選並非英雄英傑，而是曾經征服世界盡頭，超越人類極限的人才擁有資格。」

「……哼，只是偶然吧。」

「或許。不管怎麼樣，這場酒宴實在愉快！如果有下次機會，我會把鬼姬聯盟的那些小姑娘也一起帶來！」

「那真是好主意，我隨時歡迎美酒和美女，而且也還有很多事情想問你。」

嘎哈哈！酒天童子豪爽大笑，打了個誇張的酒嗝。

這個聲響讓久遠飛鳥迷迷糊糊地撐起身體。

「……怎麼了？爆炸嗎？」

「不是，只是大叔打嗝。我說天也快亮了，大小姐妳該起來了吧？」

「……想睡。」

飛鳥又倒到十六夜的背上，看樣子她根本還沒醒。

酒天童子摸著下巴鬍子看了看飛鳥，換上感到不可思議的表情仔細觀察起來。

「……話說起來，小姑娘。」

「是？」

「妳是不是**和我在哪裡打過照面**？」

十六夜和醉意還沒清醒的飛鳥對看一眼，不解地歪了歪頭。

他們兩人都不認識酒天童子，這次應該是彼此第一次見面。

「大叔，抱歉要否定你，但我們應該是初次見面。」

「噢，是嗎？如果是我多心那就算了，畢竟我自己也不可能忘記這麼可愛的小姑娘……好啦，你趕快帶她們回去吧，女孩子的身體受涼可不好。我也來處理這些屍橫遍野的傢伙。」

酒天童子撈起和其他人一起躺在地上的耀，把她放到十六夜的背上。雖然飛鳥和耀都被十六夜揹著，畢竟也不能一直把她們丟著不管。

負責扛起兩人的十六夜在心中默默發誓，晚一點要偷偷在她們臉上塗鴉。

耀明明睡得很熟，手裡卻緊抓著一點八公升的酒瓶。

看樣子她很中意這個酒。十六夜覺得這個年齡就成為酒豪似乎有點危險，不過如果是耀……大概不要緊吧。

在回程的途中，飛鳥突然抬起頭。

「嗯……十六夜同學？」

「噢，妳醒了啊？快到宿舍了，妳還是乖乖睡吧。」

「可是……喝酒比賽呢？」

「早就結束了，酒天童子大叔的故事也講完了。」

「嗯……是嗎……嘻嘻，十六夜同學的背上好暖喔。」

「唔……那個，十六夜。」

「嗯？」

飛鳥像貓那般地把身體窩成一團。這時，同樣還沒清醒的耀也抬起頭。

「下一場遊戲……也要大家一起努力……」

「……嗯。」

「我們啊……要比大聖他們……在一起……更久更久……呼……」

再度睡著的兩人讓十六夜忍不住苦笑。

不過耀這個「長長久久在一起」的願望或許很難實現。

無論今昔，即使時代已經改變，人生依然有無數的相逢和別離。他們來到箱庭之後，也遇上過新的相逢和別離。不管個人的希望再怎麼強烈，都無法改變人生分合無定的事實。

「不過啊……就算哪天必須別離，也不代表以後無法再會。」

就像伊希和齊天大聖他們那樣。
總有一天，飛鳥和耀也必定會碰上相逢和別離。
相逢、別離，等到彼此再會的時候……
十六夜抬頭望向遠方的星空，祈禱三人屆時已經有所成長，都能夠抬頭挺胸，堅強地活下去。

國家圖書館出版品預行編目資料

問題兒童的最終考驗. 5, 集結時刻,失控再啟! /
竜ノ湖太郎作 ; 羅尉揚譯. -- 初版. -- 臺北市 :
臺灣角川, 2019.03
　面； 公分
譯自 : ラストエンブリオ. 5, 集結の時、暴走再
開！
ISBN 978-957-564-819-0(平裝)

861.57　　　　108000481

Kadokawa Fantastic Novels

問題兒童的最終考驗 5

集結時刻，失控再啟！

（原著名：ラストエンブリオ 5 集結の時、暴走再開！）

2019年3月20日　初版第1刷發行

作者：竜ノ湖太郎
插畫：ももこ
譯者：羅尉揚

發行人：岩崎剛人
總經理：楊淑媄
資深總監：許嘉鴻
總編輯：蔡佩芬
副主編：朱哲成
美術設計：宋芳茹
印務：李明修（主任）、黎宇凡、潘尚琪

發行所：台灣角川股份有限公司
地址：105台北市光復北路11巷44號5樓
電話：（02）2747-2433
傳真：（02）2747-2558
網址：http://www.kadokawa.com.tw
劃撥帳戶：台灣角川股份有限公司
劃撥帳號：19487412
法律顧問：有澤法律事務所
製版：尚騰印刷事業有限公司
ＩＳＢＮ：978-957-564-819-0
香港代理：香港角川有限公司
地址：香港新界葵涌興芳路223號
新都會廣場第2座17樓 1701-02A室
電話：（852）3653-2888